Kırmızı Kazak

Glenn Beck

D1356255

KIRMIZI KAZAK

Orijinal Adı: The Christmas Sweater
Yazan: Glenn Beck
Genel Yayın Yönetmeni: Meltem Erkmen
Çeviri: Seray Kılıçoğlu-Aslı Güçlü
Editör: Aslı Güçlü
Düzenleme: Nergis Değirmencioğlu
Düzelti: Nursel Calap Oral
Kapak Uygulama: Berna Özbek Keleş
Baskı-Cilt: Melisa Matbaası

ISBN: 978-9944-82-122-3

© 2008 by Mercury Radio Arts, Inc.
Türkçe Yayım Hakkı: Akçalı Ajans aracılığı ile,
© Epsilon Yayıncılık Hizmetleri Tic. San. Ltd. Şti.

1. Baskı: Ocak, 2009

Melisa Matbaası:
Çiftehavuzlar Yolu Acar Sitesi No: 4 Davutpaşa / İstanbul
Tel: 0212 674 97 23 - 670 9729

Yayımlayan:
Epsilon Yayıncılık Hizmetleri Tic. San. Ltd. Şti.
Gürsel Mah. Nurtaç Cad. Icabet Sk. No: 3 Kağıthane/İstanbul
Tel: 0212 252 63 96 pbx Faks: 0212 252 63 98
Internet adresi: www.epsilonyayinevi.com
e-mail: epsilon@epsilonyayinevi.com
Internet adresi ve online alışveriş: www.yenisayfa.com

Kırmızı Kazak

Glenn Beck

epsilon®

Çocuklarıma,
Mary, Hannah, Raphe
ve Cheyenne.

Nereden geldiğimizi,
buraya nasıl vardığımızı ve
gün ışığının sıcaklığına bizi kimin ulaştırdığını
hiçbir zaman aklınızdan çıkarmayın.

Böyle Bitti...

nnemin bana armağan ettiği kırmızı kazak yıllarca dolabımın en üst çekmecesinde durdu.

Kazak üzerime zaten olmuyordu ve son yıllar içinde çok fazla taşınmamış olsaydım hiç dokunulmamış olacaktı. Ne de olsa onu elimden çıkarmayı hiç düşünmedim. Evimi her taşıyışımda onu özenle katlayıp bavuluma yerleştirdim ve yeni evime beraberimde götürdüm. Sonra da hiç giyilmemek üzere dikkatlice başka bir çekmeceye yerleştirdim.

Üzerinden ne kadar zaman geçerse geçsin kazağın o saf görüntüsü beni her zaman etkiledi. Her bir ilmeği çocukluğumun masumiyetini –en büyük pişmanlıklarımı, korkularımı, umutlarımı, hayal kırıklıklarımı- ve yaşam sevincimi bana anımsattı.

Bu hikâyeyi sadece ailemle paylaşmak niyetiyle yazmaya başladım. Fakat bu süreç içerisinde bir şeyler oldu: Hikâye bu görevi benden devraldı ve kendi kendini yazdı. Benliğimden silmek istediğim, hiçbir zaman hiç kimselere anlatmaya niyetlenmediğim, unutmak için senelerimi verdiğim ve sonunda başarılı olduğum bazı olaylar var. Kazağım sanki kendi hikâyesini anlatmak istedi. Belki de çekmecesinde yeterince uzun zamandır sessizliğini koruyordu.

Kendimi bu hikâyeyi paylaşacak kadar rahat hissetmem otuz yıldan fazla zamanımı aldı. Ardındaki gücü ve ne ifade ettiğini tam olarak anlamak ise bir ömür boyu sürecek sanıyorum. İsimlerden bazıları ve olaylar değiştirilirken, tüm bunların çekirdeğini hayatımın en önemli Noel hikâyesi oluşturuyor.

Şimdi bu hikâyeyi sizinle paylaşmak, size armağan etmek istiyorum. Umarım bana verdiği sevinci size ve sevdiklerinize de verir.

-Glenn-

Eddie'nin Duası

Tanrım, seninle en son konuşmamın üzerinden bir hayli zaman geçmiş olduğunu biliyorum ve çok üzgünüm.

Tüm bu olanlara karşın ne diyeceğimi bilemiyorum.

Annem sürekli olarak bizi oradan izlediğini söylüyor, kötü zamanlarda bile. Sanırım ona inanıyorum, ancak bazen bunların başımıza gelmesine neden izin veriyorsun, anlayamıyorum.

Annemin çok çalıştığını ve paranın kolay kazanılmadığını biliyorum, fakat lütfen, Tanrım, Noel'de bana sadece bir bisiklet armağan edilmesini istiyorum, sonra her şey çok daha güzel olacak. Buna layık olduğumu ispatlamak için ne istersen yapacağım. Kiliseye gideceğim. Ders çalışacağım. Anneme iyi bir evlat olacağım.

Bunu hak edeceğim, söz veriyorum.

Bir

ilecekler arabanın ön camındaki kar üzerinde yarı daireler çiziyordu. Biraz kayıp çenemi ön koltuğun plastik yüzüne yasladığımda, epey kar yağmış olduğunu düşündüm.

Annem Mary, "Arkana yaslan, tatlım," dedi kibarca. Otuz dokuz yaşındaydı, ama yorgun bakışları ve kömür siyahı saçları arasından kendini belli eden gri teller onun daha yaşlı olduğunu düşündürüyordu insanlara. Yaşınız, hayatınız boyunca başınıza gelenlerin bir toplamı olsaydı, insanlar bu düşüncelerinde haklı olurlardı.

"Ama anne, arkama yaslandığımda karı izleyemiyorum."

"Peki. Ama sadece benzin alana kadar."

Oldukça eski, steyşın bagajlı Pinto'muzda öne doğru eğildim ve yıpranmış botlarımın üzerinde durmaya çalıştım. Yaşıma göre çok sıska ve uzundum. Bu sayede dizlerimi göğsüme çekebiliyordum. Annem arka koltukta daha güvenli olduğumu söyledi. Ancak çok geçmeden bunu güvenlik kaygısıyla değil, radyoda sürekli sıkıcı Perry Como şarkıları çalan istasyonu değiştirip doğru dürüst bir müzik istasyonu bulmaya çalıştığım için söylediğini anladım.

Benzinciye girerken, Mount Vernon Meydanı'nın karla kaplı olduğunu görebiliyordum. Binlerce yeşil ve kırmızı Noel lambası anacaddenin iki yanını süslüyordu. Washington'da sıcak yaz günleri çok nadir yaşanırdı, ama o nadir günlerde bile sokak lambalarını Noel ışıkları kaplardı.

Bir işçi fişleri takıp çalışmayan ampulleri değiştirene kadar kış uykusuna yatmış gibi orada öylece asılı dururlardı. Ama şu an, Aralık'ta ışıklar, biz çocukların içini heyecanla kaplayarak büyülü bir şekilde ışıldıyordu.

O sene heyecanlı değil, aksine endişeliydim. Noel'in eskisi gibi bir yıl getirmesini dilemiştim. Yıllarca evimiz Noel sabahlarında hediyeler, kahkahalar ve gülen yüzlerle dolu olmuştu. Fakat babamı üç yıl önce kaybetmiştik -Noel'lerim onunla birlikte ölmüş gibi geliyordu.

Babamın ölümünden önce maddi durumumuzu çok fazla düşünmezdim. Varlıklı değildik ama yoksul da sayılmazdık. İdare ediyorduk. İyi bir muhitte güzel bir evimiz, her akşam sıcak yemeğimiz vardı. Hatta bir keresinde yazın ben daha beş yaşındayken Disneyland'e bile gitmiştik. Uçak yolculuğuna nasıl hazırlandığımı bile anımsıyorum. Hatırladığım diğer yolculuk ise birkaç yıl sonra babamın bizi Birch Koyu'na götürmesi... Kulağa egzotik geliyor olabilir ama evimize sadece bir saat uzaklıkta, kayalık bir plajdı.

Eve dönerken birlikte daha fazla vakit geçirmek dışında hiçbir şey istememiştik.

Babam ben küçükken 1800'lerden beri kasabada olan fırını satın almıştı. İşte uzun saatler geçirir, gün doğumuna yakın eve dönerdi. Annem beni okuldan alır, bana biraz ev temizliği yaptırır, biraz çamaşır yıkatır ve benden günün geri kalanında babama fırında yardım etmemi isterdi.

Okuldan sonra aileme yardım etmek için fırına

yürürdüm. En azından haftanın birkaç günü otoyolun üzerindeki köprünün ortasında durur, vızır vızır geçen arabaları ve kamyonları izlerdim. Pek çok çocuk orada durup bir arabaya isabet eder umuduyla aşağı tükürürdü. Ama ben böyle bir çocuk değildim, sadece tükürdüğümü hayal ederdim.

Fırında haddinden fazla vakit geçirmek zorunda kalmaktan çok yakınırdım, özellikle babam tencere ve tavaları bana yıkattığında; ama içten içe onu çalışırken izlemek hoşuma giderdi. Başkaları ona fırıncı diyebilirlerdi, fakat ben babamı usta veya heykeltıraş olarak düşünürdüm. Keski yerine hamur, kil yerine kek karışımını kullanırdı –ancak sonuç her zaman bir sanat eseri olurdu.

Babam ve amcam Bob, benim yaşlarımdayken babalarının fırınında çıraklık yapmışlar. Önlük takıp hiç bitmeyecekmiş gibi görünen tencere tavaları yıkamışlar, okuldan sonra yeni tarifler öğrenmişler. Babamın çıraklıktan ustalığa geçişi çok da uzun sürmemiş.

Fırıncılıkta ustaydı. Ailede tariflerini hayata geçirebilen tek kişiydi. Dükkânın, kasabada bilinen en iyi ekmek ve tatlıları yapan fırın haline gelmesi de uzun sürmedi. Babam eserlerine de ailesine olduğu kadar âşıktı. Şekerleme ve kek yapımı için zamanının çoğunu ayırdığı cumartesi günleri ise özeldi. Onunla cumartesileri çalışmaktan hoşlanmam tesadüf değildi. Tek başıma tarifleri uygulayamadığımdan iş biraz abartıya kaçabilirdi. Babam hamur kabarıp taştığında beni mutfaktan çıkarırdı –yine de onu mümkün olduğunca yakından izleyerek "tat uzmanı" olma avantajını yakaladım.

Babam sürekli bana tariflerini öğretmeye çalışsa da işi hiçbir zaman tam anlamıyla kavrayamadım. Annem sineğin uçuşuyla bile dağılan dikkatimden yakınırdı ama asıl sebebin pişirmektense yemek yemeği daha çok sevmemden kaynaklandığını biliyordum. Ben hiçbir zaman fırıncı olmaya ilgi duymadım; çok fazla çalışmak gerekiyordu ve çok erken kalkmak zorundaydınız. Fakat babam bir gün fikrimi değiştiririm diye umutlanmaktan hiç vazgeçmedi.

İlk olarak bana nasıl kurabiye yapılacağını öğretmeyi görev edindi. Ama beni kurabiye hamuru hazırlama ve karıştırıcı görevine koyduktan sonra hata yaptığını anlaması fazla uzun sürmedi. Büyük bir hata! Hamurla beni tek başıma birkaç dakika daha bırakmış olsaydı geriye pişirecek bir şey kalmayacaktı. Babam çok geçmeden taktiğini ustalık derslerinden ara sınavlara çevirdi. Bana bir fırın dolusu çikolatalı

17

Alman pastasının yapılışını gösterdi, sonra da tarifi anlatmamı isteyerek beni sınadı; et gibi kek yapımıyla ilgisi olmayan malzemelerden bahsettiğimde ise yüzüme un serpti.

Bir gün, elmalı tart sınavının tam ortasındayken babamın kasiyeri (annem) arkaya doğru gelerek bir müşteriye yardım edip edemeyeceğimizi sordu. Bu alışılmadık bir şey değildi -Babam öğleden sonra fırınlar soğurken ve annem günlük banka ziyaretini yapmaya çıktığında ön tarafa geçerdi. Bence bu babamın aslında gün içinde en sevdiği anlardan biriydi; kendisi gerçek bir insan sarrafıydı, en son eserini deneyen müşterilerin yüzlerine bakmaktan hoşlanırdı.

O gün babamı, bana göre kasabanın en yaşlısı olan Bayan Olsen'i selamlarken gördüm. Bayan Olsen daimi müşterimizdendi. Annemin servis yaparken, hikâyelerini dinlemek için Bayan Olsen'e fazladan zaman ayırdığını fark ederdim. Sanırım annem onun yalnız biri olduğunu düşünüyordu. Babam da ona aynı şekilde saygı gösterirdi. Babamın onunla konuşurken hafifçe gülümsediğini ve Bayan Olsen'in de yüzünde ufak bir tebessümün belirdiğini fark ettim. Babam bu etkiyi pek çok insanda bırakırdı.

Bayan Olsen sadece bir somon ekmek almak için

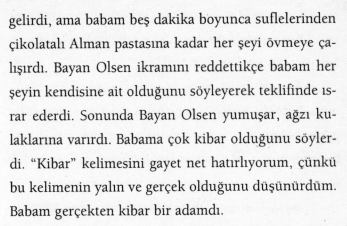

gelirdi, ama babam beş dakika boyunca suflelerinden çikolatalı Alman pastasına kadar her şeyi övmeye çalışırdı. Bayan Olsen ikramını reddettikçe babam her şeyin kendisine ait olduğunu söyleyerek teklifinde ısrar ederdi. Sonunda Bayan Olsen yumuşar, ağzı kulaklarına varırdı. Babama çok kibar olduğunu söylerdi. "Kibar" kelimesini gayet net hatırlıyorum, çünkü bu kelimenin yalın ve gerçek olduğunu düşünürdüm. Babam gerçekten kibar bir adamdı.

O gün de ekmeği poşete konup ikramları paketlendikten sonra Bayan Olsen cüzdanını eline aldı ve içinden daha önce hiç görmediğim bir çeşit para çıkardı. Anlayabildiğim kadarıyla nakit değildi, daha çok kupona benziyordu —ve biz hiç kupon kabul etmezdik. Bayan Olsen dükkândan çıkarken kalbim çarpmaya başladı. Babam gözlerimin önünde dolandırılmış mıydı? Fırın bizim faturalarımızı karşılıyordu (daha da önemlisi benim hediyelerimi). Sessizce kasada duran babamın yanına gidip kadının beni duyabileceğini düşünmeksizin, "Baba, bu para değil," diye fısıldadım.

Bayan Olsen dondu kaldı ve babama baktı. Babam dönüp bana ters ters baktı. "Eddie, hemen şimdi arkaya geç!" Sesi çok sertti. Anlayışlı bir tavırla Bayan Ol-

19

sen'e başını salladı ve sıcak bir şekilde gülümsedi. Bayan Olsen döndü ve kapıya doğru ilerledi. Başımın belada olduğunu biliyordum.

Babamın dediği gibi arka tarafa geçerken yüzümün, önünde durduğum fırından daha da sıcak olduğunu hissettim. "Eddie, bunu yapmak istemediğini biliyorum, yine de bunun Bayan Olsen için ne kadar utanç verici bir durum olduğunu biliyor musun?"

"Hayır," dedim. Dürüst olmak gerekirse gerçekten bilmiyordum.

"Eddie, Bayan Olsen bizim iyi bir müşterimiz, eşi yaklaşık bir sene önce öldü ve kendisi zor anlar yaşadı. Haklısın, bana verdiği para değil, ama insanların ihtiyacı olan bir şey. Ona yemek pulu deniyor. Hükümetimiz, ayakları üzerinde durana kadar bakkal alışverişi için ona destek oluyor. Onun yanında bunlardan bahsetmiyoruz, çünkü başkalarından yardım istemek zorunda olduğu gerçeğini duymaktan hoşlanmıyor."

Babam ailemizin hiçbir zaman başkalarından, özellikle de hükümetten gelecek yardımı kabul etmeyeceğini söyledi. "Çünkü buna daha çok ihtiyacı olan insanlar var," diye açıkladı. Birden Bayan Olsen adına çok üzüldüm -bu gibi bir yardıma ihtiyacı olan herkes için üzüldüm. Ve bu durumda olmadığımıza memnun oldum. Birkaç ay sonra babama dersimi aldığımı kanıtlamak için bir şans yakaladım.

Annem yine bankaya gitmişti ve babam müşteriye servis yaparken ben dükkânın önünde vitrine yeni çıkan bademli kurabiyeleri yerleştiriyordum. Bir kez daha babamı izledim, bu kez ekmek, turta ve kurabiye alan bir adamın komik görünen kuponlarını kabul etmişti. Fakat sıcak bir gülümseme, dostça yapılan sohbet ve tatlı ikramlarının yerine son derece sessizdi.

Müşteri gittikten sonra sorgulama sırası bana geçmişti. Mutfağa kadar onu izledim. "Sorun nedir baba?" diye sordum.

"Bu adamı tanıyorum Eddie, çalışabilir ama çalışmamayı tercih ediyor. Para kazanabilecek birinin başkalarından para istemeye hakkı yok."

Sahip olduğumuz her şey için çabalayan ve yoksulluk içinde büyüyen, başkalarından yardım almayı reddeden babamı sonunda anlayabilmiştim. Bir aile ve iş kurmak için çok çalışmıştı. Diğer insanların da böyle davranması gerektiğini düşünürdü. "Hükümet..." dedi bana bir gece, "Şeker makinesi değil, güvenlik ağı olmak için vardır."

21

Annemin aynı davranışlarla büyüyüp büyümediğini ya da bunları babamla geçirdiği yıllardan öğrenip öğrenmediğini bilmiyordum -ama babamın yolundan gitmişti. Babam artık yoktu ve biz yaşam mücadelesi veriyorduk, fakat annem başkalarından yardım istemeyi reddediyordu. "Bunun üstesinden geleceğiz Eddie." Pek çok kez bunu bana söyledi. "Biraz sıkışık bir dönemde olabiliriz, ama paraya bizden daha çok ihtiyacı olan pek çok insan var."

Her zaman olduğu gibi annem olaylara iyimser yaklaşıyordu. "Biraz sıkışık olmak" durumumuzun ciddiyetini tam olarak tanımlamaya yeterli değildi. Çok özel zamanlarda akşam yemeğe çıktığımızda annem bana garson gelmeden önce hep aynı nasihatte bulunurdu: "Unutma Eddie, süt ısmarlama; evde çok var, müsrif olmaya gerek yok."

Gerçeği biliyordum. Bunun müsriflikle ilgisi yoktu, söz konusu olan paraydı. Mesele buydu. Annem bitmek bilmeyen saatler boyunca sayısız işte çalışıyordu, sıkıntı çekiyorduk ve ben iki yıl önce Star Wars Millennium Falcon aldığımdan beri değerli bir Noel hediyesi almamıştım.

Ama bu yıl farklı olacaktı. Aylardır en iyi tutumumu takınmaktaydım. Annem söylemeden çöpü dışarı

çıkarıyordum, evde bulaşık yıkama becerilerimi geliş-
tiriyordum ve genel olarak hak ettiğim bisikleti alma-
sı için annemin bir bahanesi olmayacağından emin-
dim.

Yine de hiçbir şeyi şansa bırakmıyordum. Her za-
man bir akraba ya da komşu yılbaşında ne istediğimi
sorardı, ben de annemin iyice duyacağından emin
olarak, "Siyah seleli kırmızı bir Huffy bisiklet," diye
cevap verirdim.

Ford'un yüksek sesli motoru beni anılarımdan
kopardı. Anacaddedeydik, ışıklar sisli camımızda pa-
rıldadı. Nerede olduğumuzu anlamak için arka cam-
dan dışarı bakmaya çalıştım, ama sadece cama yansı-
yan kirli, dağınık, sarı saçlarımı görebildim.

Kasabanın hemen hemen terk edilmiş gibi görün-
mesine karşın annem dikkatle araba sürüyordu. İleri-
deki kavşakta kırmızı ışık yanınca arabayı yavaşlattı
ve durdurdu.

"Eddie bak!" Yan tarafı işaret ediyordu. Elimle
camdaki buharı temizledim. Hayatım boyunca hayali-
ni kurduğum Huffy bisikleti ilk kez gördüğüm yer

23

olan Richmond'un spor eşyalarının satıldığı vitrinin önündeydik.

Gözlerim ustalıkla vitrini taradı, darttan beysbol sopasına, eldivenden kızaklara... Ve işte oradaydı. Huffy. Benim Huffy'im. Kırmızı gövdesi, parlak krom gidonu ve siyah selesiyle kar ve sis içinde göz alırcasına parıldıyordu.

"Üff!" Ağzımdan çıkabilecek tek söz buydu.

Annem bisiklete artık bakmıyordu, dikiz aynasından beni izliyordu. Ağzını göremesem de gülümsediğini biliyordum. Ben de gülümsedim. Perry Como'dan bir şarkı girdi.

Birkaç dakika sonra annem self servis alanına arabayı çektiğinde, "Benzin doldurmak ister misin?" diye sordu. Benzin almak için çok dururduk, çünkü bizim Pinto her zaman susardı ve genellikle annemin yarı depoyu dolduracak kadar parası olurdu. "Elbette!" dedim arabadan fırlayarak. "Ödemeyi yaparken çikolata alabilir miyim?"

"Üzgünüm Eddie," dedi annem kibarca. "Çikolata için param var, ama dişçiye yetecek param yok." Gülümsedi. "Şimdi fırla." Dişçi için parasının olmadığını biliyordum, ama bahanesini de yutmamıştım. Çikolata için de parasının olmadığının farkındaydım.

Ona elimden geldiğince büyük bir hayal kırıklığıyla baktım.

Aslında hâlâ bir umudum vardı. Annemin çikolata alacak parasının olmaması başka bir şeyler için para biriktirmediği anlamına gelmezdi.

Bisikletim için!

DE HELE WEEK HARD WERKEN EN GEEN TIJD VOOR HET HUISHOUDEN?

Wij kunnen uw leven makkelijker en eenvoudiger maken.

SCHOONMAKEN, STRIJKEN, (AF)WASSEN, POETSEN, STOFZUIGEN, ETC.

Betrouwbaar en met goede referenties!!!

Telefoon 06 4512 5782

İki

oel arifesiydi ve annem her zamanki gibi iş-teydi. Semtimizin lisesinde aşçıydı, fakat tatil dönem-lerinde alışveriş merkezlerinde ekstra bir ya da iki iş alırdı.

Okuldan sonra tek başıma evdeydim. Bu durum annemi her zaman tedirgin ederdi. Beni yalnız bırak-maktan nefret ederdi. Kendi başımın çaresine baka-mayacağımdan değil, benim ön hazırlıklarını yapmak üzere olduğum "Eski Noel hediye paket tahmin ope-rasyonu'nu icat eden, haylaz büyükbabama fazlasıyla benzediğimi bildiği için.

Bundan birkaç yıl önce, bir Noel Arifesi'nde büyükbabam ve ben baş başa kalmıştık. Babam hâlâ fırındaydı ve tüm kasabanın akşam yemeği masalarında "oohh" ve "mmm" seslerine yol açacak kekleri ve yılbaşı çöreklerini bitirmeye çalışıyordu. Annem ve büyükannem kiliseye gitmişlerdi. Normalde büyükbabam ve ben de sürüklenirdik, ama bu yıl Noel pazartesi gününe denk geliyordu ve nasıl olduysa büyükbabam onları yarınki Noel hizmetinin her iki gün için de yeterli olacağı konusunda ikna etmeyi başarmıştı. Gerçekten ondan öğreneceğim çok şey vardı.

28

Büyükbabam ön kapıdaki kilidin kapanma sesini duyar duymaz, "Kâğıt oynamak ister misin, Eddie?" diye sordu.

Işte yine başlıyoruz, diye düşündüm.

Büyükbabam kâğıt oynamayı çok severdi. Hayır, bu sözümü geri alıyorum. Aslında o, iskambil kâğıdında kazanmaya bayılırdı ve her zaman da kazanmıştı. Öyle ki bu durum sanki yazısız bir aile kuralı haline gelmişti. Asla, ne pahasına olursa olsun onunla kâğıt oynamaya yeltenmemeliydik bile. Bu vahşi bir hayvan beslemeye benziyordu. Başta ilginç gelebilirdi, ama çok geçmeden kesinlikle pişman olurdunuz.

Önceleri büyükbabamın kâğıt oyunlarında ger-

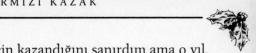

çekten iyi olduğu için kazandığını sanırdım ama o yıl, bunu çok daha iyi kavrayacak yaştaydım. Büyükbabam kazanmıştı. Ama hile yapmıştı. Belki de "hile yapmak" demek doğru değildi; onun bir sistemi vardı. Poker masasında kâğıt saymak gibiydi. Yöntemi tam olarak usulsüz değildi, ama açıklamamıştı.

Ne zaman oynarsak oynayalım, beni yenmekten çok sistemdeki boşlukları çözmeye daha fazla odaklanırdı. Ben bir kart atardım, büyükbabam onu alıp yeniden önüme atardı. "Yo sen bu kartı oynamak istemiyorsun," derdi. Başta bana yardımcı olmak istediğini düşünsem de bunun aslında onun için ölümcül bir şey olmadığını, daha çok bir kaçış heyecanı gibi göründüğünü fark ettim. Büyükbabamla kâğıt oynamak, hayvanat bahçesinde büyük bir av oyunu oynamak gibiydi. Gerçekte tam olarak spor sayılacak bir şey yoktu. Her ne kadar onun deney faresi olsam da kendimi hiçbir zaman onunla kâğıt oynuyormuş gibi hissetmedim.

Aslında hafta içinde arkadaşlarıyla kâğıt oynarken kazanmak için bulduğu sistemi benimle pratik yaparak geliştirmeye çalışıyordu. Ama hiçbir zaman bunu sormadım ve o da hiçbir zaman bana anlatmadı.

29

"Oynamak istemediğinden emin misin?" diye tekrarladı büyükbabam.

"Üzgünüm, büyükbaba. Belki sonra."

"Canın nasıl isterse. Ancak bugün biraz savunmasızım. Gerçek bir vuruşla beni alt edebilirsin." Büyükbabam gerçekten iyi bir yalancıydı. "Ama eğer gerçekten oynamak istemiyorsan..." der ve gözleri haylazca ışıldardı. "Belki de senin için yapacak başka bir şeyler düşünebilirim."

Katılacağımı beli edercesine "Ne?" diye sormuşum. Büyükbabam başımızı belaya sokmak konusunda ustaydı ve ben cidden bunun her saniyesine bayılırdım. Onun "fikirleri" her zaman için neredeyse haftalardır planladığı komplo şifreleriydi. Tasarladığı kâğıt sayma sistemi de bunun kanıtıydı.

"Beni takip et," dedi. Şakacı ses tonu kaybolmuştu. Büyükbabam planını bir hayli ciddiye almıştı. Ne zaman ben ve büyükbabam bir misyon üstlensek, ne kadar şaçma olursa olsun, üstesinden gelmek için elimizden geldiğince çalışırdık. Nadir durumlarda yakalandığımızda yeni bir strateji devreye sokardı: İnkâr, inkâr, inkâr. Bu, şaşırtıcı bir şekilde çoğu zaman işe yarardı. Çünkü bir yetişkinin bunları yapabileceğine inanmazlardı.

Örnek vermem gerekirse iki yaz öncesinde bununla ilgili harika bir olay yaşanmıştı. Büyükbabamların karşı sokağında yaşayan, başını sürekli derde sokan bir genç teyzesinde kalıyordu. Şeytan çocuk, geç saatlere kadar ayakta kalıp, çığlık atıp, posta kutusunu kırıp dökerek herkese hayatı zehir ediyordu.

Çocuğun en sevdiği iş mahalleye dönen yolun karşısına taşlardan bir duvar örnekti. Tepenin zirvesine ördüğü duvar, karşıdan gelen arabalar için duvar görünmezdi. Yüksek değildi, ortalama birkaç santimdi ama talihsiz arabaların lastiklerini uçurmaya, egzozunu dağıtmaya yetiyordu.

Bu olay birkaç kez tekrarlandığında komşular polis çağırdılar. Bu pek işe yaramadı, taşlı çocuğu yakalayamadılar. Bir süre sonra çoğu kişi, bu beklenmedik misafir gidene kadar sessiz kalmaya ve günleri saymaya devam etti. Ama büyükbabam bunu yapmadı.

İlk taş duvar kazasından sonra büyükbabam bir komplo hazırlamaya başladı. Her gece kargaşadan sonra çocuğun, futbol topunu teyzesinin verandasına bıraktığını gözlemledi. Ertesi sabah büyükbabam kahvaltı ederken çocuğun bahçede yalınayakla olabildiğince sert bir şekilde topu tekmeleyişini izledi. Bu rutin hareket büyükbabaya şeytani bir fikir verdi.

Bir gece komşular uyurken büyükbabam verandadan topu aldı ve atölyesine getirdi. Topu dikkatlice yardı ve içini çocuğun duvar yapmak için kullandığı taşlarla doldurdu. Sonra da eski haline getirerek verandaya geri bıraktı.

Bundan sonra tam olarak ne olduğunu bilmiyorum, ama sonraki günlerde çocuğun ayaklarında çarpıklık olduğunu ve çevrede hiç görünmediğini anımsıyorum.

Kimse bundan büyükbabamın sorumlu olduğunu bilmiyordu.

Büyükbabamın yeni bir eşek şakasından habersiz olduğumda beni nedensiz bir bahane ile plana dahil etmediğini her zaman bir şeyler karıştırdığını bilirdim. Ahıra ya da kasabanın içine yaptığımız kısa yürüyüşlerde dönüp bana üstü kapalı bir şey söylerdi: "Bu arada Eddie, eğer biri sorarsa sen ve ben dün akşam altı civarında yem deposundaydık." Ben de gülümser ve ona asla neden diye sormazdım.

Sadece annem ve büyükannem onun planları hakkında konuşurdu. Büyükbabamın, birine ders vermek için bir futbol topunu taşlarla doldurarak belaya sebep olacak tek kişi olduğunu biliyorlardı. Ama büyükbabam kendini kolayca ele vermezdi. Yaptıkları

32

açığa çıktığında, "Bu işin içinde Eddie'nin parmağı var," diyen inkârları bitmek bilmezdi.

Basitçe suçu bana atması da hikâyenin bir parçasıydı. Büyükbabamın da adı Edward olduğundan, bu savunma şekline bayılmasıydı asıl neden. "Eddie yaptı bunu," dediğinde insanlar doğal olarak beni kastettiğini düşünürlerdi, bu sayede büyükbabam teknik olarak yalan söylemediği için kendini iyi hissedebilirdi. Neyse ki büyükbabamı tanıyan biri buna inanmadığından başım hiçbir zaman belaya girmezdi.

Şimdi ise yeni gizli oyununun ilk aşamalarında büyükbabam bir amaçla yürüyordu. Ona yetişmek için elimden geleni yaptım ama benim kısa bacaklarım, onun her zarif uzun adımına karşılık iki adım atmak zorundaydı. Tek kelime etmeden, büyükbabam gardırobu açarak köşede paketlenmiş hediyeye uzun kollarıyla uzandı. Dilim tutulmuştu.

"Noel meraklısı biri ilk olarak şunu bilmelidir," dedi kibarca, "iyi hediyeler asla Noel sabahına kadar ağacın altına konulmamalıdır."

Büyükbabamın eli, giysi sepetinin arkasındaki diğer hediyeye uzandığında gözlerim açıldı. Bu ilkinden çok daha büyüktü. "Ooh, büyükannen gittikçe kurnazlaşıyor." Açıkça kendiyle gurur duyarak kıs

33

kıs güldü. Dördüncü hediyeden sonra işi bitmişti. "Tamam, Eddie, şimdi bunu kulağına daya, sence ne bu?"

Hediye paketini yırtmamaya ve üstünü ezmemeye çalışarak kutuyu aldım. Üstündeki etikette, "Büyükanneden büyükbabaya." yazıyordu. Ne duyacağımı tahmin bile edemeden kulağıma yasladım. "Hımm..." Gerçekte hiçbir tahminim olmamasına rağmen kafamda çeşitli alternatifleri değerlendiriyormuş gibi yaptım. "Bilmiyorum. Pek fazla bir şey duymuyorum."

34

"Dur tahmin edeyim," dedi, heyecanını gizlemeye çalışarak.

Kutuyu ona uzattım, o da başına yasladı, gözlerini kapattı, kutuyu hafifçe salladı ve durdu. Sonra kararını açıkladı: "Bu bir mont. Kahverengi."

"Gerçekten mi?" Hayretler içinde kalmıştım. "Nasıl anladın?"

"Onu duyabiliyorum. Şimdi bana diğerini ver."

Dikdörtgen kutuyu alıp büyükbabamın koca ellerine bıraktım. Aynı yöntemi tekrar edişini izledim: Dinle, salla, dur ve karar. "Bu saç maşası. Hani şu kendiliğinden kapananlardan."

Afalladım. Saç maşası yüzünden değil, ama büyükbabam nasıl bu sesten böylesine emin olabilirdi? Sesinde zerre kadar şüphe yoktu.

Diğer iki hediye için de bana aynı soruyu sordu ve rutin davranışını tekrarladı. Mont kutusu ve saç maşası gibi onu da herhangi bir şey duymaya çalışarak kulağıma dayadım. Ama hiç ses yoktu.

Büyükbabam annem için çaydanlık olduğunu tahmin ettiği hediyenin yanına çöktü. "Buraya gel Eddie, bir saniyeliğine yanıma otur. Sana bir şey öğretmek istiyorum. Bu Noel büyüsü." Gözbebekleri sihir içerisinde dans eder gibi gülümsedi. "Bazıları, sana göstermek üzere olduğum şeyin kara bir büyü olduğunu söyleyebilirler, ama ben bunun daha çok yeşil ve kırmızı olduğunu düşünüyorum."

Ona yaklaştım.

"Noel sihrinin gerçekliğini sonunda kavradığına inanıyorum."

"Büyükbaba, ben zaten biliyorum. Ben küçük bir çocuk değilim artık."

"Bahsettiğim şey bu değil. Büyü gerçek ama bazen biraz yardıma ihtiyacı olur. Ve işte ben de… Bu konuda 'yardım alacağın' kişiyim. Bu senin babanın ekmeklerine benzeyen bir şey. Maya ve un kendi kendine kabarabilir, ama baban fırına onları koymadıkça

35

hiçbir şey olmaz. İşte ben buyum. Noel hediye fırını gibiyim." Bu, büyükbabamın yapabildiği en iyi şeydi.

Anlayıp anlamadığımı beklemeden kare şeklindeki bir hediye kutusunu havaya kaldırdı, elinde çevirdi, paketteki banta üfledi ve bantın yüzeyi nefesiyle oluşan nemden ıslandı. Sonrada hediye paketini yırtmadan bantı kaldırabileceğine inandığı ana kadar tırnağıyla bantın köşesini hafifçe kaldırdı. Bant kusursuzca açılıverdi.

Devamında neler olacağını izlemek için gözlerim bisiklet tekerleği kadar açılmış olmalıydı. Büyükbabam hediyeyi halının üzerine koydu, açılan paketin içine elini soktu ve kibarca kutuyu dışarı çıkardı. Sonra onu bana uzattı. "Aç onu," dedi. "Ama dikkatli ol."

Kutuyu aldım, üzerindeki kırmızı kâğıdı kaldırarak hediyeye ulaştım – dört küçük fincanıyla birlikte seramik, doğuya özgü bir çaydanlık. Bu tahminimin ötesindeydi; büyükbabam gerçekten de doğru bir karar vermişti. Tıpkı annemin istediği gibi bir çaydanlıktı bu.

Diğer hediyelere geçtik. Bazılarında sabır gerektiren çok fazla bant vardı; büyükbabam bir yöntemi olduğunu hatırlattı. Çok sıkı paketlenmiş olan kutuları baş aşağı çevirmek zorundaydınız. Tek tek hepsini açtık, sonra yeniden paketledik. (Sonradan öğrendim ki büyükbabam Noel'e kadar en azından üç kez hediyeleri açmıştı.) Bitirdiğimizde, büyükbabam hediyeleri dikkatlice önceki yerlerine yerleştirdi ve alt kata indik.

Bildiğim kadarıyla, işimizi tam olarak halletmiş değildik.

Noel ağacının altına keşfedilmek üzere bırakılmış bir hazine vardı. Hediyelerin hepsini açtık. Kimden geldiği ya da kime ait olduğu önemli değildi. Onları açtık, onların hakkında konuştuk hatta onlarla oynadık. Sonra hepsini kapattık, Noel ağacının altına dikkatlice yerleştirdik.

Büyükbaba bana sır tutmam için yemin ettirdi, ama buna gerek yoktu. Hediye tahmin operasyonu yıllardır Noel büyüsünü sağlayan bir şeydi ve benim de bunu bozmaya hiç niyetim yoktu. Babamın fırıncılıkta usta olması gibi büyükbabam da kendi alanında ustalaşmıştı, ben de kısa süre içerisinde büyükbabamın yetenekli çırağı olmayı başarmıştım.

Annemin işten eve dönmesine birkaç saat vardı. Bu yılın "operasyonu"nu gerçekleşirmek için fazlasıyla zamanım vardı.

Son birkaç Noel'de annem ve ben sürekli olarak söze dönüşmeyen, bilinen bir kedi ve fare oyunu içindeydik. O hediyeleri saklayacak harika bir yer bulurdu, ben de onun sakladığı harika yeri bulurdum. O saklayacak daha iyi bir yer bulurdu, ben de o yeri bulurdum. Hediyeleri nereden aldıysam oraya koyma konusunda çok yetenekli olduğumu sanmıyorum çünkü annem her zaman sakladığı yerlerin ortaya çıkacağını biliyor gibi görünürdü.

Bu yıl, onun yatak odasındaki gardrobuna bakarken ardımda en ufak bir iz bırakmama kararı aldım. Her şeyden önce on iki yaşındaydım ve büyükbabam kadar iyi bir "operasyon" yapabileceğime emindim.

Elim gardrobun arkasına gittiğinde, içten içe annemin oraya bir hediye saklamamış olmasını umuyordum. Hediyem gardrobun içine girebilyorsa o zaman bisiklet olamazdı ve bu yıl istediğim tek hediye bir Huffy'di. Bulmayı umut ettiğim şey bir faturaydı ve annemin onu saklayacak kadar zeki olduğunu biliyordum. Ellerim dolabın tüm kuytu köşelerini, çatlakla-

38

rını dikkatlice taradı ve sonra onu buldum. Küçük, paketlenmiş bir kutu. "Ooh, annem kendini ele veriyordu işte." Karanlıkta kutuyu çıkarırken kendi kendime güldüm. Üstünü ince bir toz tabakası kaplamıştı. Son yıllarda bunu yapmayı ne kadar da çok özlemiştim!

Yavaşça hediye paketinin üzerindeki bantı kaldırdım, bunun annemin hazırladığı bir tuzak olabileceğini de düşünerek parmak izimi tozun üstünde bırakmamaya çalıştım. Sonra kâğıdı hafifçe çekerken onun beklediğim şey olmadığını hemen anladım. İçindeki nesne çok tanıdıktı. Bu, babamın Hamilton saatiydi. Hâlâ kayışlarından onun eski baharat kokulu kolonyasının kokusu inceden burnuma geliyordu.

Beynimde saati en son gördüğüm anlar canlandı. Yaklaşık dört yıl önceydi ve sabahleyin kar fırtınasından sonra okulların açılışı ertelenmişti. Pazartesiydi ve fırın kapalıydı. Babam evdeydi; ayakkabılarıma kaymamam için temiz ekmek poşetleri geçirmeye çalışıyordu. Arkadaşlarımın gerçek kışlık botları vardı, ama babam evde bedava ekmek poşeti varken bunun savurganlık olduğunu söylerdi. Yine de bana bot giymemin zamanı gelmiş gibi geliyordu.

Babam sıska bileklerimin üzerine poşetleri sıkıca bağlamak için ayakkabılarımın üzerine plastik bantları yapıştırmaya çalışırken gömleğinin kolları kıvrılmış, parlak Hamilton saati görünmüştü. Okula geç kaldığımı fark edip kaygan plastik poşetlerle çamurda kayma olasılığından korkarak telaşlı bir şekilde saate baktım. Poşetler su geçirmiyor olabilirdi, ama kimse ne kadar kaygan olduklarını bilmiyordu.

"Baba, gerçekten gitmem gerek yoksa gecikeceğim," diyerek babamın el yapımı su geçirmez botlardan vazgeçip beni arabayla okula bırakmasını umut ettim ve bu konuda ısrar ettim.

"Üzgünüm Eddie, ıslak ayaklarla üşüyerek okulda isteksizce bulunmak zorunda kalmandansa geç kalmanı tercih ederim, bir saniyeye daha ihtiyacım var."

Sürekli daireler çizen yelkovanı izleyerek Hamilton'a baktım. Her bir dönüş, zamanında okula varabilmem için ne kadar hızlı olmam gerektiğini işaret ediyordu.

Bu arada, babamın fırıncı olmasına ve pek çok ekmek poşetimiz bulunmasına rağmen evimizde hiç ekmek olmayışının ne kadar ironik olduğunu düşünüyordum.

"Eddie," derdi bana. "Bütün ekmekleri getirirsem sonra fırında ne satarım?" Şakaydı ama bunun bir bahane olduğunu biliyordum. Gerçek şu ki geçen uzun ve yorucu bir günün ardından annemler tüm gün yüzlerine baktıkları ekmekleri eve getirmeyi unutarak dükkânı acaleyle kapatırlardı. Annem bunun gülünç olduğunu düşünürdü. Ayakkabıcının çocuğu giyecek ayakkabısının olmamasından, kasabınki ise hiç yiyecek et bulamamaktan yakınırdı, tıpkı bizim gibi ve annem bununla dalga geçerdi. Ama ben bunu hiç komik bulmazdım.

Evde ekmek olmayışına alışmıştım. Bir keresinde fıstık ezmesinin hepsini bir kâseye boşaltıp kaşıkla yemeğe başlamıştım. Annem mutfağa girip durumu fark etmiş ve tepeleme doldurduğum kaşığı ağzıma tıktığımı gördüğünde gerçekten hayretler içinde kalmıştı. "Sen ne yapıyorsun?" demişti.

Ağzımı açmamım olanaksız olduğu gerçeğini düşünerek elimden geleni yapmış ve güç bela, "Ne demek istiyorsun?" diyerek ona karşılık vermiştim.

Annem konuşmayı, "Bir hayvan gibi yemenin bahanesi olamaz. Şimdi kaldır onu!" demiş ve konuşmayı noktalamıştı.

Annem gittikten sonra sinsice birkaç kaşık daha

41

aşırmış, geri kalanını ise kavanoza doldurmuştum. Neyse ki annem beni sadece fıstık ezmesi konusunda azarlardı; diğer bütün çeşniler için kartları açıktı. Sonraki birkaç hafta içinde, marmelat, çilek reçeli, hatta çırpılmış krema ile dolu kâselerle çok eğlenmiştim. En son olarak da iğrenç bir biçimde sonuçlanan ekmeksiz ve baharatlı mayonez deneyimim vardı.

Babam nihayet ekmek poşetli botumu bağlamayı bitirdi. Soğuk havanın içine doğru koştum. Okula geç kalmış olmak bana koşmak için mükemmel bir bahane yaratmıştı, ama asıl niyetim görünüşümden bir an önce kurtulmaktı. Bu yüzden aptal poşetleri çıkardım. Bir keresinde onlarla okula gittiğimde arkadaşlarımın benimle dalga geçmeyi bırakmaları aylar sürmüştü. "Ekmek poşetli Ed" benim lakabımdı. Ama bu lakap zaman içerisinde akılda daha kolay kalabilen "Ekmekçi Eddie" tabirine dönüşmüştü. Onlara bunu tekrar hatırlatmaya hiç niyetim yoktu.

Bu karlı kış gününde, babamdan ne kadar çok kaçmak istediğimi hatırlatan Hamilton orada aylak aylak olduğu yerde duruyor ve benimle alay ediyordu. Keşke o gün okula öyle hızlı koşmuş olmasaydım, dedim içimden. Artık zaman benim için bir sorun teşkil etmiyordu.

Dikkatlice saati kutunun içine koydum, kutuyu yeniden paketleyip aldığım yere yerleştirdim. Babamın böylesine canlı bir anısının şu karanlık ve ıssız görünen dolapta nasıl saklanabildiğini merak ediyordum. Ama uymuş gibi görünüyordu.

Kasıtlı olarak saklanmış kuytu köşelere bakmadan önce bariz olan bir köşenin altını kontrol etmeye karar verdim. Aklıma parlak bir fikir geldi: Annemin yatağının altı. Hediyem bu kadar yakınımdayken onu bulmadan yaşamaya devam edemezdim.

Karnımın üstüne yattım ve yatağın altına, karartıya doğru ilerledim. Gözlerimin karanlığa alışması birkaç saniyemi aldı ve ışığa alışır alışmaz her şey daha tanıdık gelmeye başladı. Birkaç ayakkabı kutusu, yemek masasını genişletmek için kullandığımız ek kanatlar, dikiş çantası ve … bir saniye, o da neydi? Daha önce hiç görmediğim bir kutu vardı. Epey büyük ve parlaktı. Onu yatağın altından ışığa çıkarmadan önce durduğu yeri belirledim.

Kutu, bir ayakkabı kutusundan daha geniş ve daha derindi. Üzerindeki etikete, annemin el yazısı ile

43

"Noel faturaları" yazılmıştı. Aradığım gerçekten bu olabilir miydi? Bunu bu kadar kolay bulabilmiş olabilir miydim? Ellerim sabırsızlıktan titriyordu.

Yavaşça, üstünü açtım. İçine dikkatlice baktım. Sadece tek bir fatura vardı. Hayal kırıklığına kapılma, dedim kendi kendime. Bir bisiklet, bir fatura. Üzerinde, "Richmand's" yazısını görmeyi umarak hızlıca faturayı açtım. Ama dükkân adı yoktu. Aslında, hiçbir tanımlayıcı öğe, fiyat, hatta tarih bile yoktu üzerinde. Bunun yerine el yazısıyla bir not düşülmüştü:

44

Merhaba Bay Meraklı. Aramaya bir son verebilirsin. Hediyen hep burnunun dibinde ama onu hiç bulamayacaksın.

Bu olmamalıydı. Annem beni ters köşe yatırmakla kalmamış, beni bununla alt etmişti. Büyükbabam bu halimi görse hayal kırıklığına uğrardı. Büyükbabam. Bana öğrettiği bant kaldırma taktiği aniden aklıma geldi. O bu kadar kolay yenilmezdi. Bunu düşününce kendimi yenilenmiş gibi hissettim. Bu mücadeleyi kaybetmiş olabilirdim, ama savaşı kaybetmeyecektim.

Notu yerine yerleştirip kutuyu yatağın altında bulduğum yere bıraktım. Annem notu bulduğumu bilmezse ben de teknik olarak kaybetmiş olmayacaktım. Küçük bir şansla, benim şerefim, büyükbabamın ise onuru korunmuş olacaktı.

Üç

aşamın bu kadar hızlı değişiyor olması gerçekten gülünç. Birkaç yıl öncesine kadar para, kafamdaki en son şeydi. Şimdi ise düşündüğüm tek şey. Birkaç yıl önce babam vardı. Şimdi ise gitmişti. Yine birkaç yıl önce, annemle her Noel arifesi, Noel şarkıları söylemeye gitmeye bayılırdım. Şimdi ise bundan daha kötü bir şey düşünemiyordum.

On iki yaşında bir çocuk olmak zor. Hele bir de oğluna ders vermek adına Tanrı'dan bir misyon edinmiş gibi görünen bir annenin olması bu durumu daha da zorlaştırıyor. En azından bu Noel arifelerinde hissettiğim bir şeydi.

"Anne lütfen beni gitmem için zorlama. Bunun için gerçekten çok büyüğüm." Bunun çoktan kaybedilmiş bir tartışma olduğunu biliyordum.

"Hadi Eddie, orada eğleniyorsun." Kızlar seni görmeye bayılıyorlar. Kendini göstermezsen boyunun uzadığını nasıl öğrenecekler?

Annem gülüyordu ama ben kendimi ince bir ip üzerinde yürüyormuş gibi hissediyordum. Bu aşırı ısrarlar, Noel'i sadece bisiklet için beklememe neden olmuş olabilirdi.

"Peki. Ama en azından kısa kesebilir miyiz? Bu gece tüm dualarımı okuyabilecek kadar enerjimin olmasını istiyorum."

Yıllardır "dua bahanesini" kullanmamıştım. Yine de annemin, Noel ilahilerindense benim dualarımı daha çok önemseyeceğini umuyordum.

Annemin gülümsemesi kayboldu. "Eddie, Tanrı'ya bağlılığın hayranlık uyandırıcı, ama inan bana Tanrı senin ne kadar enerjin olduğuna aldırış etmeden dua ettiğini görmekten mutluluk duyacaktır. Şimdi git, gezmelik ekmek poşetleri al ve çıkmak için hazırlan."

Bu durum hızla kötüden betere doğru gidiyordu. Babamın ekmek poşetlerinin daha da utanç verici olabileceğini asla düşünmemiştim. Ama o öldükten sonra annem bir yöntem bulmuştu: "Gezmelik ekmek poşetleri." Şimdi sadece ucuz, plastik poşetleri giymek zorunda kalmayıp bir de ucuz, plastik ve pek çok renkten oluşan puantiyeli poşetler kullanmak zorundaydım. Bu kesinlikle, tam anlamıyla bir kâbustu.

Kibarca, "Bunlara bu gece ihtiyacım yok." dedim. "Arabayla gidiyoruz."

"Bu, tartışmaya açık bir konu değil Eddie. Dışarısı vıcık vıcık su içinde, tüm gece ıslak ayakkabılarla kalmana razı olamam. Noel'de hastalanabilirsin."

49

Birisinin anneme virüsler konusunda iyi bir ders vermesi gerekiyordu. Soğuk hava yüzünden hasta olabileceğimizi bilsem de, neden bilmem, bu sağlık dersi bana pek de mantıklı bir cevap gibi görünmemişti. Doğru kararı verdim ve dilimi tuttum.

"Tamam, onları giyeceğim." Kapı zilini duyduğumda, mutfak lavabosunun altındaki poşetleri arıyordum. Ön kapımız sallanarak açıldığında sadece iki yetişkin kadının bir araya geldiğinde oluşturduğu anlaşılmaz ses dalgası evin içinde yankılandı. Gelen Cathryn Teyze idi.

Cathryn Teyzemin, aslında gerçek teyzem olmadığını anladığımda dokuz yaşındaydım —aslında yan komşumuzdu. Çocukları büyüktü ve evden ayrılmışlardı; dolayısıyla bizi ailesi gibi kabul etmişti. Aileden ya da değil, Cathryn Teyze şüphesiz tanıdığım en hoş insandı ve onunlayken annem her zaman mutlu görünürdü.

İsteksizce gezmelik ekmek poşetlerimi alıp oturma odasına yöneldim ve art arda oluşan olayları gözlemleyerek kanepede oturdum.

"Edddddie, nasılsın?" Cathryn Teyze kuvvetlice yanaklarımı sıkmıştı. Bundan nefret ederdim. "Mutlu Noeller!" Her zaman rahat davranırdı.

"Harikayım, Cathryn Teyze, sen nasılsın?"

"Ben her zaman harikayım Eddie, ama sorduğun için sağ ol. Sadece yine Noel zamanının geldiğine inanamıyorum. Zaman ne çabuk geçiyor!"

Ne klişe laf, diye düşündüm. O akşam ikinci kez dilimi tutmayı başardım.

"Ah, şu ağaca bak. Çok güzel!"

Cathyrn Teyze tanıdığım herkesten çok daha enerjik biriydi. Çenesi de kuvvetliydi politikacı olabilirdi. Ama sesi aniden alışılmadık bir şekilde yumuşadı ve sordu, "Ama yıldız nerede?"

Ağacın her yeri süslenmişken en üstü boştu. Tepesine yerleştirilen yıldız eksikti, çünkü kimse yıldızı oraya koyacak kadar uzun boylu değildi –bu durum babamın aramızda olmayışını bize anımsatan başka bir şeydi.

Kimseyle Noel arifesinde babam hakkında tartışmaya girmek istemediğimden, "Ben hallederim," dedim. Holdeki dolaptan merdiveni aldım ve ağacın önüne kurdum. Sonra gardroptaki basit, beyaz yıldızı kutusundan çıkardım. Merdivene çıkıp en üst basamağa tırmandım, kendimi sabitledim ve yıldızı ağacın tepesine yerleştirdim. Cathryn Teyze gülümsedi.

"Aferin Eddie," dedi annem. "Sanırım bu durum seni evin erkeği yapıyor."

Ağzından çıkan kelimeler yüzünden pişmanlık duyduğu belli oluyordu. Cathryn Teyze ve ben mahcup bir şekilde kafamızı eğdik ama aynı şeyi düşünüyorduk: Aslında istediğimiz buydu.

Gezmelik ekmek poşetlerimi giyince çok komik göründüm. Üçümüz de bakımevine gitmek üzere arabaya bindik. Son beş ya da altı yıldır her Noel arifesinde orada Noel İlahileri söylerdik.

Gezmelik ekmek poşetleri ve Cathryn Teyzenin haricinde, arkadaşlarımın beni annemle Noel şarkıları söylerken görmesi çok kötü olabilirdi.

"Ekmekçi Eddie" lakabı o anda yaşadığım işkenceye kıyasla bir rüya gibi görünüyordu.

Cathryn Teyze radyonun düğmelerini aşındırırken, annem ruhsuzca araba kullanıyordu. On saniyelik bir şarkıdan sonra beş dakika statik cızırtı dinlemek sonunda canıma tak etmişti.

"Bir radyo istasyonunda durabilme şansımız var mı?" diye sordum. Üç kez çenemi tutmuştum, ama bu cümlem pek hoş kaçmamıştı.

"Tabii, üzgünüm Eddie," diye cevap verdi Cathryn Teyze. "Birbirimize uyum sağlamak için pratik yapabileceğimiz bir Noel şarkısı arıyordum sadece."

Elimde olmadan bir kahkaha patlattım. "Uyum mu? Eğer siz, bizde bir ahenk, bir uyum olduğunu düşünüyorsanız dinleyicilerimiz kadar sağır olmalısınız."

İkinci darbe.

Bakışlarımı ondan ayırdım ve dikiz aynasından bana dik dik bakmakta olan anneme kilitledim. Annem, sadece gözlerini kullanarak bir dolu ders verebilirdi. Yine bakışları çok sertti ve bana arkama yaslanıp çenemi kapalı tutmamı söylüyordu. "Anne!" Trafik ileride felç durumdaydı. Dikkatini yeniden yola verdi ve hızlıca frene bastı. Önümüzdeki arabanın tamponuna çarpmamıza sadece milim kalmışken çığlık attık. Annemin bakışları aynada yeniden benimkilerle buluştu, ama bu kez gözlerinde kızgınlık yoktu. Sadece kaygı vardı.

"Eddie, iyi misin?"

"İyiyim anne." Kendimi sorumlu hissetmiştim. Yaptığım aptalca şaka dikkatinin dağılmasına sebep olmuştu.

"İleride kaza var gibi görünüyor. Bizim başımıza gelmediğine memnunum."

Ucuz kurtarmıştık. Arada sırada kulağı tırmalayan korna sesleri radyoda çalan Noel şarkısını bastırıyordu.

Yaklaşık yirmi dakika sonra, nihayet polis arabalarının sirenlerini ve parlayan ışıklarını gördük. Kaza yapan araçlar çekilmişti, ancak kırılan camlar hâlâ yolda duruyordu. Aynaya baktım ve annemin başı önünde sessizce dua ettiğini gördüm.

Kazayı geride bırakmıştık, trafik rahatlamıştı ama bu kez de Noel ilahisini kaçırma tehlikesiyle karşı karşıya kalmıştık.

"Ne dersin Eddie, eve geri mi dönmeliyiz?" diye sordu annem.

Fikrimi alacak kadar büyüdüğümü düşünmesi gerçekten hoşuma gitmişti. İçimden, "Evet, hadi eve dönelim," demek geldi ama sonra bu teklifinin "ikinci darbemi" unutturacak bir fırsat yarattığını düşündüm.

"Yoo... Devam edelim," diye cevap verdim kendime güvenerek. "Noel ilahisini kaçırsak bile en azından herkese merhaba deriz."

Annem sözlerimden etkilenmiş bir halde bana baktı. Gözleri yine her şeyi açıkça söylüyordu: Doğru cevabı vermiştim.

Birkaç dakika sonra arabayı bakımevinin otoparkına doğru sürdü. Kapıdan girene kadar atacağım birkaç adımı kimselerin görmeyeceğinden emin olsam da kendimi hâlâ tedirgin hissediyordum.

Bakımevi rahatsız edici derecede sıcaktı ve "kendine özgü" bir kokusu vardı. Salona ulaşmak için ko-

54

ridordan geçerken Noel ilahilerini duyabiliyordum. Yaklaştıkça sesler daha da belirginleşiyordu. Kelimeleri çözmeye başladım. "Tekrar buluşana dek Tanrı seninle olsun."

Anladığınız gibi bu Noel şarkıları ile alakalı bir durum değildi. Ama babam her zaman bunun birlikte söylediğimiz son şarkı olması konusunda ısrarcı olurdu. O, Noel Baba'nın ve karın harika olduğunu söylerdi ama asıl problem insanların Noel ruhuyla oradan ayrılması sağlamaktı –ve bu şarkı her zaman bu duyguyu yaratırdı. İlk sene itiraz etmeye çalışmıştım ama biz ilahi okurken kafamı kaldırıp izleyicilerin gözyaşlarına boğulduğunu gördüğümde babamın haklı olduğunu anlamıştım.

Tanrı, biz tekrar buluşuncaya dek seninle olsun;
Melekler rehberlik edip seni göklere çıkarsın;
Kolları güvenle seni kollasın;
Seninle... Kavuşuncaya dek Tanrı seninle olsun.

Babam öldükten sonra bu şarkıyı söylemeyi bırakmıştık. Herkes annemin bunu duymasının ne kadar acı olacağını biliyordu. Ama bu yıl geciktiğimiz için orada biz olmadan bu şarkıyı söyleme fırsatını

55

bulmuşlardı. Aynı kelimeler bu kez farklı anlamlara bürünüyor, aklıma bir dizi davetsiz anı geliyordu.

Altı yaşımdaydım. Babam, Noel ağacımızın tepesine yıldız koyabilmem için beni havaya kaldırmıştı.

Yedi yaşımdaydım. Babam benim yeni trenimi kurmuş ve bütün gün benimle oynamıştı -hatta ondan "çuf çuf" demesini istediğimde asla şikâyet etmemişti.

Sekiz yaşımdaydım. Babam bana ilk Nerf futbol topumu satın almıştı. O yorgunluktan koşamayacak hale gelene kadar, karla kaplı arka bahçemizde birlikte top oynardık. Son zamanlarda çok yoruluyordu.

Dokuzumdayken, babamın hastane odasında hediyeleri açmıştık. Annem, babamın kemoterapiler sonucu eve gelemeyecek kadar zayıf düştüğünü söylemişti. Babam elimi sıkmış ve yakında tekrar yakalamaca oynayacağımızı söylemişti. Beni ağlarken görmesine izin vermemiştim.

Aylar çabucak geçmişti ve ben babamın cenaze törenindeydim. Bir yıldır olduğundan daha huzurlu ve sağlıklı görünüyordu. Bu hiç adil değildi. Koro onun en sevdiği şarkıyı seslendiriyordu.

Tanrı tekrar buluşuncaya dek seninle olsun;
Seni kanatları altına alsın;
Taze helvalarla beslesin seni;
Tekrar buluşuncaya dek Tanrı seninle olsun.

"Eddie, geliyor musun?"
Orada tek başıma duruyordum.
"Herkes seni görmek istiyor."
Koro hâlâ içeride şarkı söylemeye devam ediyordu.

57

Salon her zamanki görünümünde ve kokusundaydı. Tavandan aşağı sarkan kar tanesi şeklindeki figürler dikkat çekiciydi. Epeyce süslenmiş, normalden biraz daha küçük boyuttaki Noel ağacı köşede duruyordu. Masanın üzerinde ise hiç ellenmemiş bir şişe kırmızı şarap vardı.

"Eddie!"
İçeri usulca girdim. "Merhaba Bayan Benson."
Bayan Benson, tanıdık yüzlerle dolu kalabalığın arasından hızlı hızlı bana doğru yaklaşıyordu. Yanaklarımın sıkılmasının artık kaçınılmaz olduğunu biliyordum. Bu küçük düşürücü durumdan kurtulmam

için kaç yaşına gelmem gerektiğini merak etmiştim. Birkaç dakika içinde kucaklaşmalar, el sıkışmaları, ve "Şuna bak, Eddie, ne kadar da büyümüşsün!" ifadeleri etrafımı çoktan sarmıştı bile. Yanaklarım acıyordu ama benimle olmak isteyen pek çok insanın arasında bulunmak güzel bir histi.

"Eee... Eddie, Noel için bu yıl ne istiyorsun?" Bayan Benson, her yıl bana bu soruyu soran ilk kişi olmasıyla gururlanır gibiydi. Genellikle ona emin olmadığımı söylerdim, ama annem sadece birkaç adım ötemizde oturduğu için bunu son şansımmış gibi görerek ve mesajımın iyice duyulduğundan emin olarak yüksek sesle, net bir şekilde karşılık verdim.

"Siyah seleli, kırmızı bir Huffy bisiklet."

"Ne hoş bir fikir," diye yanıtladı beni Bayan Benson. Bu kadar yıldan sonra sonunda net bir cevap vermeme şaşırmıştı. "Bisiklet edinmenin tam vakti. Başına gelen onca olaydan sonra sen bunu hak ediyorsun."

Bu konuda hiçbir fikri yok, diye düşündüm. Sadece onu hak etmekle kalmayıp para da kazanmıştım.

Yaklaşık iki saat süren sıcak gülümsemeler ve akordu bozuk şarkılardan sonra bakımevinin otoparkından çıkıp eve döndük. Yalan atıp gecenin bitmek bilmediğini söyleyebilirdim, fakat gerçek şu ki zamanın nasıl geçtiğini fark etmemiştim bile. Oradaki insanlarla olmayı ne kadar çok sevdiğimi unutmuştum. Bana, Noel ruhunu hissetmeyi ve babamı ne kadar özlediğimi, parasal sorunlarımızı, ekmek poşetlerini unutturmayı başarmışlardı.

Yaşlı insanlar arasında kalan bir çocuğun kendini böylesine harika hissediyor olması gerçekten de komikti.

Annemin, "Ben sana demiştim" tabirleri ile ilgili altıncı bir hissi vardı sanki. Şüphelerini itiraf etmek için hiçbir zaman vakit kaybetmezdi. "Düşündüğün kadar kötü değilmiş, değil mi tatlım?"

"Sanırım." Tam olarak teslim olmamıştım.

"Hayatı biz şekillendiririz. Hayatın daima eğlenceli bir tarafı vardır ve görmek için gözlerimizi açmaya niyetimiz oldukça gülüşler burnumuzun dibinde belirir."

Annemle yeniden bakışlarımız buluşmuştu. Bu kez yüzünü okumakta çok zorlanmıştım. Bana basitçe ders vermeye mi yoksa yatağın altında onun notunu gördüğümü itiraf etmem için yem atmaya mı çalışıyordu, açıkçası pek anlayamamıştım. Sessiz kalıp uzaklara daldım.

"Çoğu zaman ne kadar mutlu olduğumuzu takdir etmek yerine elde edemediğimiz şeylere odaklanırız," diye devam etti sözlerine. "Sorunlarımızı unutup diğerlerinin de onları unutmasına yardımcı olduğumuz anda gerçekten ne kadar çok şeye sahip olduğumuzu anlayabiliriz."

Haklı olduğunu biliyordum ama derin bir sohbete dalmaktansa o an yatağıma gitmeye daha çok istekliydim. Noel arifesiydi ve hayatımı değiştirecek olan bisikleti elde etmeme sadece birkaç saat vardı.

Yukarı fırladım, mümkün olduğunca hızlı bir şekilde dişlerimi fırçalayıp el yapımı Noel pijamalarımı giydim. Bana biraz dar geliyordu. Kimsenin beni bunun içinde görmesini istemememe rağmen, muhtemelen bunu son giyişim olduğunu düşünmek beni üzmüştü. Her Noel büyükannem bana yeni bir takım verirdi. Bisikletle kıyaslanmazdı belki, ama her yıl sevmeye devam edebildiğim tek hediyeydi. Bunu ne zaman giysem büyükannemin ne kadar harika bir kadın olduğunu düşünürdüm. O, kızılağaçlar gibiydi. Kuvvetli ve bir o kadar dingin. Onun sevgisinin gölgesinde kendimi her zaman güvende hissederdim.

Yatak örtümü üzerime çekerken, "Anne..." diye

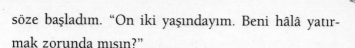

söze başladım. "On iki yaşındayım. Beni hâlâ yatırmak zorunda mısın?"

"Evet efendim, zorundayım."

"Ama neredeyse bir adam oldum artık." Bu sözüm, Star Wars yatak örtümün altında olmasaydım daha fazla etki yaratabilirdi.

"Her ikimiz için de değişim zamanının gelmesini umutla bekliyorum. Hem artık seni yatırmıyorum ki ben, genç adam. Sadece sana iyi geceler dilemek için birkaç dakika yanında oturuyorum. Arada büyük bir fark var."

"Tamam."

61

"Ayrıca seninle bakımevi hakkında konuşmak istiyorum. Şarkıyı duyduğunu biliyorum."

Uyku ve Noel sabahı çok yakındı. En son istediğim şey ise annemin bana sunacağı başka bir hayat dersiydi. "Hangi şarkıyı?"

Sözlerini önemsemiyor gibi görünmeme karşın annem devam etti, "Baban ilk buluşmamızda bana bu şarkıyı söylemişti. Yeniden buluşana dek Tanrı seninle olsun, yeniden buluşana dek." Güldü. "Korkunç bir sesi vardı. Bunu duymak içimi biraz burkmuştu ama duyduğum en hoş şey olsa gerek, diye düşünmüştüm. Elbette, büyükannene onun ne yaptığını söylediğimde yumuşamıştı. 'O bir koruyucu' demişti bana, sanki biri bir kilise ilahisi söylediğinde bu onu mükemmel bir adam yapabilirmiş gibi. Babanın bu şarkıyı muhtemelen kilisede değil de bir radyoda duyduğunu büyükannene söylemeye cesaret edememiştim."

Duygulanmadığımı göstermek için elimden geleni yaptım. Eğer annem gözleriyle konuşmak konusunda iyiyse, herhalde gözleri okumak konusunda da iyidir, diye düşündüm ve konuşmaya devam etmesi için onu teşviklendirmek adına herhangi bir şey yapmak istemedim. Ama bu yine de işe yaramadı: Annem konuşmaya devam ediyordu.

"Seni koridorda şarkıyı dinlerken izledim. Biliyorum ki sana babanı hatırlattı. Ben de onu özledim. Her geçen gün daha da çok özlüyorum. Ama o gerçekten gitmedi. Burada seni seyrediyor. Onun kanatları altındasın."

Annem her zaman olduğu gibi haklıydı. O şarkı bana babamı hatırlatmıştı. Onu çok özlemiştim. Belki babam hayattayken neye sahip olduğumu fark edemeyecek kadar küçüktüm ya da o çok fazla çalışıyordu. Ama artık neleri kaybettiğimin farkındaydım ve bu bana gerçekten acı veriyordu.

"Ama tatlım..." diye devam etti annem sözlerine, "şarkının neyle ilgili olduğunu unutuyorsun. Babanın bu şarkıyı söylemekten çok hoşlandığını unutuyorsun." Sessizce kelimeleri mırıldamaya başladı. "Hayatın zorlukları kafanı karıştırdığında yıkılmamak için O'nun verdiği kollarınla vücudunu sar." Birkaç dakika duraksadı. "O'nun kanatları altındasın Eddie... Baban da öyle. Ne zaman baban işte kötü bir gün geçirse, bu kelimeleri ona söylerdim ve her şey yoluna girerdi."

Bu noktada duygusuzmuş gibi görünmek için sarf ettiğim çabalar artık boşunaydı. Gözümden bir damla yaş süzüldü ve yanağımdan aşağı doğru yuvarlandı. Annemin bunu görmemesini umdum ama yanılmıştım.

"Kaldı ki, eğer Tanrı şu an burada bizimle değilse, o zaman neden biz bu güzel gökyüzüne sahibiz? Bulutlara bak Eddie. Belli ki kar yağacak. Tanrı onları bu gece cennetten salıyor. Babanın her zaman bayıldığı türden beyaz bir Noel geçireceğiz." Ceylan gözlerine sinen sevgi dolu bakışlarla bana gülümsedi ve ekledi, "Hadi o zaman sana iyi geceler. Uyumaya çalış ve gün ağarmadan da kalkma." Sonra göz kırptı. "Noel sabahı gün ağarmadan başlamaz"

63

Odamdan çıkarken lambamı söndürdü ve bana henüz bir adam olmadığımı hatırlatırcasına gece lambamı yaktı. Pencereden dışarı baktım ve ilk kar tanesini görmeden uykuya dalmama kararı aldım.

Annemin yavaşça mırıldandığı sözler hâlâ kulaklarımdaydı. Hayatın zorlukları kafanı karıştırdığında yıkılmamak için O'nun verdiği kollarınla vücudunu sar. Belki de haklıydı ama ben hâlâ kendimi sıkıntılarımla yapayalnız hissediyordum. On iki yaşında babasız ve parasız bir çocuktum.

Pencereden dışarı bakmaya, fırtınanın başlamasını bekleyeme devam ederken, çok geçmeden O'nun kollarına ihtiyaç duyacağımdan habersizdim.

Hayatımın fırtınası çoktan şekillenmeye başlamıştı bile.

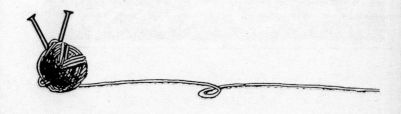

Dört

Annemin kreplerinin kokusu beni uyandıracak kadar keskindi. Yataktan fırladım ve pencereye koştum. Kupkuru, çıplak bir zeminde uykuya daldıktan sonra yumuşacık, beyaz, kaygan bir battaniyeyle kaplıymış gibi görünen bir sokakla karşılaşmak, sihirli bir şeyler olduğunu düşündürüyordu bana.

Ama bu sihir diğer günü beklemek zorundaydı. Çünkü ön bahçe, birkaç gün evvelki iri taneli, gri karla kaplıydı. Gökyüzüne doğru baktım. Bulutlar içlerinde karları biriktiriyormuş gibi görünseler de şimdiye kadar onları dökmek için pek bir isteksiz davranmışlardı.

En kötüsü, annemin hayal kırıklığımı sempati ile karşılamamış olduğunu bilmekti. Annem her zaman, fazla kar yağışının büyük güçlükler yarattığını düşünen insanlardan biri olmuştur. O sadece karın yağışını severdi. Ama onun dışında her şeyinden hemen hemen nefret ederdi. Karları küreme işi büyük bir külfetti. Arabanın ön camındaki buzları eritmek neredeyse sonsuza kadar süren bir şeydi ve en az yağan karda bile araba kullanmak söz konusu olamazdı.

Bir filmden örnek vermek gerekirse annem, Noel büyüsünü bozmaya çalışan Grinch karakteri olmuş olsaydı o zaman babam da Whoville kasabasının belediye başkanı olurdu. Babamla sıcak çikolatalarımızı yudumlayıp, okulun kar tatilini erkenden duymak için radyo başında durur ve tahmin edilen kar fırtınasını bekleyerek geç saatlere kadar ayakta kalırdık.

Noel sabahı gibi günlerde, hava durumu spikeri bariz bir şekilde yanıldığında, küplere binerdim ve babama bu teknolojiyle nasıl olur da karın yağıp yağmayacağını anlayamazlar diye sorardım. Ama bir keresinde bana asla unutmayacağım bir cevap verdi. "Eddie, eğer ben bu geri zekâlıların havayı tahmin edişleri gibi ekmek pişirseydim, fırınımız iflas ederdi ve evde yiyecek bir dilim ekmeğimiz bile olmazdı."

Gülmemek için kendimi zor tutmuştum. Babamın ağzından çıkanı fark etmesi bir dakikasını almıştı. Bir an duraksadı ve yüzümdeki gülümsemeyi gördü. Sonra "Pekâlâ, durum böyle olsaydı, yine ekmeğimiz olmazdı ama ayrıca giyecek güzel bir botun da olmazdı." Ve işte o an fırıncı botlarıma ilk defa kahkahalarla gülmüştüm.

Hava durumu spikerinin gerçekten haklı olduğu nadir zamanlarda, babam sabahleyin fırında lokmaları kızartıp eve gelir ve beni erkenden uyandırırdı. Tüm söylediği "Eddie, pencereden dışarı bak!" olurdu ve ben hemen yataktan fırlayıp pencerenin önüne geçerdim. Babam elini başımın üstüne koyardı, ikimiz oracıkta karların yere düşüşünü izleyerek sessizce dururduk.

Asla unutmayacağım bir fırtına çıkmıştı. Öğleden sonra başlamıştı ve kar ertesi gün okulu tatil etmeye yetecek kadar yağmaya devam etmişti. Annem, bizim Grinch'imiz buna inanamamıştı: Okulu nasıl olur da tatil edebilirler? Kar her an durabilir. İşte o zaman ne kadar saçmaladıklarını anlayacaklar. Babam ve ben onu duymazlıktan gelmek için elimizden geleni yap-

69

mıştık. Biz "mini kar destekçisi" gibiydik ve annemin bizim partimizde şımarıklık yapmasını istemiyorduk.

Hava kararınca giyinip kuşandık ve babamla yaklaşık üç blok ötedeki, B ve H köşe dükkânlarına kadar tamamen gereksiz bir tur atmaya karar verdik. Babamın ahşap panelli, kestane renkli, 1972 model steyşın bagajlı Impala'sının bulunduğu garaj yoluna çıktık. Babam 1974'te "neredeyse sıfır olan" arabayı eve getirdiğinde çok gururlanmıştı.

Bizim Impala, çocuklar için harika bir arabaydı. Çünkü "çok modern"di ve "teknolojik" tüm donanıma sahipti. Bagajı bilindik bir şekilde inmiyordu. Çünkü, kavisli ve otomatikti. Tek bir düğmeye dokunurdunuz ve cam, sihirli bir şekilde gözden kaybolup çatı açılır, arka bagaj içe doğru kıvrılırdı.

Babam, arabaya doğru yürüdüğümü görünce, "Arabayı almıyoruz," diye bağırmıştı. Sonra eğilip metal, garaj kapısını açmış ve, "Yürüyeceğiz," diye belirtmişti.

Kapı gıcırdayarak açıldığında, kendimi bir hayal dünyasındaymış gibi hissetmiştim. Kar hâlâ bir fısıltıyla yağıyor, parlak ve hafif bir şekilde yere vuruyordu. Hava, komşuları ısıtmakta olan ateşten çıkan dumanın hafif etkisi dışında sert ve temizdi.

Sokak ışıkları her şeye gerçeküstü, huzur dolu bir parlaklık katmıştı. Sokak lambasının parıltısı altında kar, her yerden çok oraya yağıyormuş gibi görünüyordu. Ama bunun sadece bir göz yanılgısı olduğunu biliyordum.

Babam elimden tutmuştu ve hep birlikte caddeye çıkan kestirme yolumuzdan aşağı doğru yürümüştük. İçgüdüsel olarak, kaldırıma çıkmayı denemiştim ama babam beni caddenin tam ortasına çekmişti. Bunun üzerine tek kelime etmemiştim.

Tek bir araba görmeksizin, el ele yolun ortasından yürümüştük. Sokak lambasının altından her geçişimizde kafamı kaldırıyor ve babamın yün ceketinin üzerinde parıldayan ince kar tabakasını görüyordum. Her ikimiz de birbirimize bakıp gülümsüyorduk... Neşemizi kaçıracak, Grinch olacak kimse yoktu etrafta.

Her şey mükemmeldi. Aslında, fazla mükemmeldi ve bunun böyle bitmeyeceğini bilmem gerekirdi.

71

Noel sabahı karın olmayışı moralimi altüst etmişti, öyle ki yerin ne kadar soğuk olduğunu bile fark edememiştim. Geçen yıl Noel Baba'dan hediye olan terliklerimi giydim. İlk kez, bir Noel sabahı annemi yatağından kaldırmadım.

Uyku mahmuru halde sendeleyerek aşağı indim. Kalbim hızla çarpıyordu. Yeni bisiklet hayalim beni tüketmişti. Tanrı'ya para kazanıp onu almaya söz verdiğimden beri, sonunda tam anlamıyla hak ettiğim hediyeyi elde edeceğim bir yıl olacağını biliyordum. İstedikleri anda bisiklet sahibi olan her bir arkadaşımı izlerken uzun süredir sabırsızlık içinde o anın gelmesini umut etmiştim. Artık sıra bendeydi. Annem haklıydı. Tanrı'nın kanatları altındaydım ve tüm bu başıma gelenlerden sonra beni yeniden mutlu edecek tek hediyeye sahip olmak üzereydim.

Oturma odasındaki büyük Magnarox konsol stereoda Noel müzikleri çalıyordu. Sekiz farklı albüm çalabilirdi. Biri bittiğinde ses tuşu yukarı kalkar ve sıradaki albüm, pikaptaki döner tabla üzerine düşerdi. O sabah tüm albümler Firestone Noel serisindendi. Sanırım onları, bir yıl araba lastiklerimizi satın alırken almıştık.

Oturma odasından içeri girerken Julie Andrews ve annemin birlikte şarkı söylediklerini duydum. "Noel Baba'nın pek çok oyuncak ve eşyalarla yüklü olan kızağıyla yolda olduğunu biliyorlardı."

"Mutlu Noeller, Eddie!" Yakalanmıştım. Annem mutfağın köşesinde dans ediyordu. Ellerini önlüğüne sildi ve bilindik Noel kucaklaşması için kollarını iki yana açtı.

"Mutlu Noeller, anne," dedim. Ona on iki yaşa uygun olduğunu düşündüğüm şekilde sarıldım. Pijamamın unlanmasını istemiyordum. Doya doya kucaklaşmaya kalksak annemden ayrılabilmem beş dakikayı bulacaktı.

Olabildiğince hızlı bir şekilde annemin yanından ayrılıp köşedeki ağaca yöneldim. Küçük, herdem yeşili çam ağacımız üzerindeki Noel lambalarıyla ışıl ışıl parıldıyordu. Mısır püskülleri ve altın rengi saçaklar cam, ahşap ve kâğıt süslerini birbirine bağlamıştı. İçlerinden pek azı satın alınmıştı.

Diğerleri ise okul projelerimin bir ürünüydü ya da aile faaliyetlerinin sonucuydu. Yine de çoğunu annem yapmıştı.

Ağacın dibindeki, annemin işlediği yeşil, keçeli örtünün etrafına hızlıca göz attım. Noel arifesinde orada olmayan birkaç tane hediye vardı ve içlerinden sadece birini büyükbabamın taktığı olan "Hediye Tahmin Operasyonu" ile hemen algılayamamıştım. Hediyelerin hiçbiri bisiklet olabilecek kadar büyük değildi, ama benim hâlâ umudum vardı. Annemin, bana kedi-fare oyunları oynayan büyükbabamın kanından olduğunu biliyordum. Birkaç yıl önce, arka camdan son hediyemi göstermeden önce tüm hediyelerim açılana kadar beklemişti: Tepesinde kocaman fiyongu olan yepyeni bir kızaktı bu.

Hâlâ dünmüş gibi anımsadığım o günü düşünerek annemin bisikletimi bir yerlere saklamış olabileceği fikrine giderek daha da çok yaklaşıyordum. Pek çok olasılık vardı ama benim tahminim paketlenmiş bir Huffy idi. Bisiklet kesinlikle garaja saklanmıştı. Bu tam anneme göre bir hareketti. Onu atık kâğıtları ziyan etmemek için paketleme yaparken bile hayal edebiliyordum. Bu onun her zaman için endişe ettiği bir durumdu. Hâlâ görmediğim bir hediye daha olduğunu umarak, arkasındakini daha iyi görebilmek için, bir hediyeyi kaldırdım.

"O benim için mi?" dedi annem. Bana göre çok hızlıydı.

"Ah, evet mutlu Noeller." Yazın büyükbabamın

çiftliğinden meyve toplayarak parasını ödediğim hediyeyi ona uzattım.

Annem beceriksizce paketlenmiş hediyeyi dikkatlice açtı. "Eldivenler!"

Ne kadar memnun olduğuna beni inandırmak için aşırı bir coşkuyla dile getirmişti bunu. Sonra yüzünde düşünceli bir ifade belirdi. "Eldivene gerçekten çok ihtiyacım vardı. Çok güzel. Çok teşekkür ederim."

Diğer hediyesini aramakla meşgul olduğumdan onu dinlemiyordum. Buldum ve en üste koydum.

"İşte senin için diğer hediyem."

Annem küçük, dikdörtgen kutuyu alarak, "Ah, bir tane daha mı?" diye sordu. İçinde el yazısıyla yazılmış bir kart ve bir kalıp çikolata vardı.

"Mutlu Noeller anne..." Notumu yüksek sesle okumaya başladı. "Bu çikolatalar kadar tatlısın." Gülümsedi. "Eddie, kendin mi aldın bunu?"

"Evet," diye cevap verdim gurur duyarak. "Bunu yersin ya da bisküvi yaparken kullanırsın diye düşündüm."

"William's çikolatasının ne olduğunu biliyor musun?"

"Pişirebileceğin bir çikolata bu, öyle değil mi?"

diye cevapladım. Annem benim bisküvileri ne kadar çok sevdiğimi bildiğinden gülümsedi, ancak açıkçası babamdan bunların yapılışıyla ilgili olarak tek bir kelime bile duymamıştı.

"Evet canım, ama bu çok..." durdu ve gülümsedi. Kesinlikle şimdiye kadar aldığı en güzel Noel hediyesiydi. "Sen çok tatlı bir çocuksun... Yani gençsin." Ardından paketi açtı ve gözlerini kısıp gülümseyerek çikolatadan bir parça kopardı. "Yediğim en güzel çikolataydı."

Yanıma geldi ve bana sarıldı. O an bu kucaklaşma hiç sonlanmayacak gibi geldi.

"Sıra bende mi?" diye sordum tedirgin bir şekilde.

"Sıra sende şekerim."

Öncelikle önceden açmış olduğum hediyeleri açtım. Anneme şaşırdığımı göstermek için elimden geleni yaptım: El yapımı bir eldiven, senelerdir görmediğim kuzenimden beysbol topu ve geçen sene yemediğim uzun saplı şekerlerin aynısı olduğundan emin olduğum bir poşet dolusu şeker. Dört yaşımdan beri annemin aynı poşeti oraya koyup koymadığını merak ediyordum doğrusu.

Nihayet. Geriye sadece bir hediye kalmıştı. Oldukça büyük ama hafif bir kutuydu. Tanrım, lütfen, bu bir polaroid resim, bir not ya da kart olsun, diye içimden geçirdim. İçinden bir BB silahı ya da bir telsiz seti çıkmamasını umut ediyordum, aklımdaki hediye sadece Huffy idi. Sadece bu hediye beni mutlu edecekti. Annem kutuyu büyük bir kurdele ile süslemişti ve sanırım açana dek ne olduğunu anlayamayacaktım. Düz, kahverengi bir kutu buluncaya kadar ren geyikli ve kar taneli hediye paketini yırttım. Kırışık kâğıtları kenara itip yavaşça hediyenin üstünü açarken kalbimin hızla çarptığını hissedebiliyordum.

Bu bir kazaktı.

Ben konuşamayacak bir halde hediyeye gözlerimi dikmiş bakarken annem, "Beğendin mi?" diye sordu. Benden bir cevap beklerken kollarını göğsünde kavuşturup kanepeye oturdu.

İçine beni bisiklete götürecek bir şeyin iliştirildiğini umarak kazağı, umudumun son kırıntısıyla açtım. Belli etmeden önünü arkasını çevirdim ama hiçbir şey olmadı. İşte o an bu yıl bir bisiklet sahibi olamayacağımı anladım. Sadece aptal, el örgüsü, çirkin bir kazaktı.

"Beğendin mi? Gerçekten sevdin mi?" Annem sessizliğimi, kendimi ifade edemeyişime bağlıyordu.

Bisiklet değil de aptal, el örgüsü, çirkin bir kazak.

"Tabii anne, çok güzel." Ağlamak istiyordum. Ağlamaya hakkım olduğunu düşünmüştüm, ama tek bir gözyaşı bile dökememiştim. Bütün bir yıl bu kadar çok çalışmış, hayatımın her saniyesinde yeni bir bisikletin hayalini kurmuş olmasaydım, Tanrı'ya onu alabilecek parayı kazanacağıma söz vermiş olmasaydım... İşte o zaman kazağın ipliğinin, botlarıma geçirdiğim ekmek poşetlerinin üzerindeki puantiyelerle mükemmel örtüşeceğini fark etmeyebilirdim. Ama ben tüm bunları yapmış ve bunu da fark etmiştim.

"Bisiklet için üzgünüm, tatlım." Annemin ses tonu yumuşak ve hissettiğim kadarıyla titrekti.

"Çatıyı tamir ettirmek, sandığımdan daha fazlasına mal oldu. Anlayacağını biliyordum. Belki gelecek yıla kadar sana bisikleti almak için para biriktirebilirim."

Her şeyi kavramıştım. Her zaman yoksul bir aile olacaktık ve ben daima botu ve bisikleti olmayan bir çocuk olarak kalacaktım.

Gözümü kazağa dikmiştim. Onu üzerime giymişim gibi birden vücudumu ateş bastığını hissettim. Moralimi bozan şeyin tam olarak ne olduğunu bilmiyordum: Hak ettiğim hediyeyi bana almayan annem mi; yoksa gözlerini üzerimden ayıran babam mı, yoksa dualarımı görmezden gelen Tanrı mı? Hepsi beni o kadar çok hayal kırıklığına uğratmıştı ki kazağı giymeye çalışırken boğaz kısmını çenemin altına çekmem gerektiğini bile unutmuştum.

"Umarım üzerine olur!" dedi annem bana kazağın yakasını çenemin altına çekmemi hatırlatarak. İmasını anlamamıştım.

"Eminim olur," dedim isteksizce. Annem sonunda yanıma gelip kazağı sırtımdan aşağı çekti. Bedenimi ölçmeye çalışırken parmaklarını omzuma bastırıyordu. "Ah, tabii," dedi. "Büyümene bakılırsa önümüzdeki son baharda sana tam olacak." Bütün bunlar onu çok heyecanlandırıyordu.

Ona gönülsüzce cevap verdim. "Teşekkür ederim anne, harika."

"Sears'da sattıklarımıza benziyor. En pahalılardan birine..." dedi gururlanarak. Yüzümde istemsizce oluşan hayal kırıklığı ile baş etmek istiyordu. "Gerçek, el örgüsü, yün bir kazağı neredeyse kırk dolara satmıştık. Bunu almaya gücüm yetmezdi elbette ama kaliteli bir iplik almayı başarabildim." Konuşmayı kesti ve hediyesiyle ilgili detayları açıklamaktan biraz utanmış gibi bana baktı.

"Öyle mi? Harika. Kazağa çok ihtiyacım vardı."
Düş kırıklığımı arka plana atıp bu hediyenin annem
için nasıl bir anlam taşıdığını görmek objektif davra-
namamıştım.

Annemin yatağın altına benim için bıraktığı not
aklıma gelmişti. Haklıydı. Ben hediyeyi kaybetmiştim.
Annem bu kazağı bana her gece Küçük Ev dizisini
zorla izletmeye çalışırken örmüştü. Hem de gözümün
önünde. Ama şimdi her biri ayrı ayrı beynimde anlam
kazanıyordu: Aptal bir programı izlerken örülmüş,
aptal, el yapımı bir hediye. Bahse girerim istedikleri
programları izleyen çocuklar Starsky ve Hutch gibi
gerçekten arzuladıkları hediyeleri de alabilmişlerdi.

Kar yağmadığı için duyduğum hayal kırıklığı, he-
diyem yüzünden hissettiğim üzüntüye kıyasla şimdi
çok daha önemsiz görünüyordu. Sen bir geri zekâlı-
sın, diye düşündüm kendi kendime. Tahmin etmen
gerekirdi. Bunun olacağını önceden anlamış olman
gerekirdi.

Annem gözlerimin içine bakıyordu ve ben ilk kez
onun bakışlarına sinen ifadeden hiçbir anlam çıkara-
mıyordum. Mutlu göründüğüm için rahatlamış mıy-
dı; yoksa rol yaptığımı mı anlamıştı?

Dürüst olmak gerekirse, bunun o an için umurumda olmadığını söyleyebilirdim. Ama bu sessizlik oyununu sonsuza kadar sürdüremezdim. Kaçmak zorundaydım.

"Kazağı odama koymaya gidiyordum. Beş dakika içinde geleceğim." dedim. Orada kendimi çok daha rahat hissedecektim. Gözlerim yanıyordu. Annem gözyaşlarımı göremeden koşarak üst kata çıktım.

Beş

Yatak odamın penceresi evimizin önündeki sokağa bakıyordu. Ergenlik çağım başlamadan önce pencere eşiğine dirseklerimi koyup çenemi de ellerime yaslayarak orada durabilirdim.

O Noel sabahı, bunu yapmak için biraz fazla uzundum artık. Bu nedenle birkaç santim uzağında durarak dirseklerimi eşiğe koydum ve alnımı soğuk cama yaslayana kadar öne doğru uzandım. Soğuk, derimi yakmıştı ama bu acıyı hak ettiğimi düşünüyordum.

Kar nihayet başlamıştı. Kar taneleri iri ve güzeldi; sokağın ince, beyaz örtüyle kaplı oluşu da bir süredir karın yağmakta olduğu anlamına geliyordu. O kadar karmaşık duygular içindeydim ki bunu fark etmekte gecikmiştim.

Yolda son model bisikletine binmiş, karşıdan karşıya geçmekte olan küçük kızı gördüğümde camın önünden ayrılmak üzereydim. Kaygan asfaltta, bisikletin eğitim tekerleklerine sanki pek de güvenmiyormuş gibi babası kızına eşlik ediyordu. Gözlerimin dolduğunu hissediyordum.

84

Kendimi yatağıma attım. Star Wars'taki Luke Skywalker karakteri geçmişte aldığım harika Noel hediyelerini hafızamda canlandırarak benimle dalga geçiyordu sanki. Tekerlekler döndükçe bu dünyadaki en özgür kız oymuş gibi geliyordu bana. İki, üç saat belki de dört saat uzaklara gidecek kadar özgür olmak. Özgür.

Bakışlarım tavana kilitlendi. Çok pisti tavan. Çatı her yağmur yağdığında akıyordu ve sıva üzerinde lekeler bırakıyordu. Hayatımda hiçbir şey mükemmel değildi. Diğer çocukların bisikletleri, anne, babaları ve akmayan tavanları vardı. Bu hiç de adil değildi.

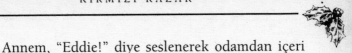

Annem, "Eddie!" diye seslenerek odamdan içeri girdi.

"Dışarı baktın mı? İşte babanın hediyesi... Bu Noel mucizesi! Ne zamandan beri böyle kar yağmıyordu."

Annemin içeri girişini önemsemeyerek tavana bakmaya devam ettim. Yüzümün beni ele vereceğini biliyordum. Ancak birkaç saniyelik sessizlikten sonra neler olduğunu anlamak için yatağımda doğrulup oturdum. Annem gözlerini şifoniyerimin yanındaki yere dikmişti. "Bu senin kazağın mı?" dedi usulca. Hiç düşünmeden kazağı yere atıvermiştim. Bir futbol topu gibi umursamazca bir köşeye fırlatmıştım. Çöp tenekesine atılacak bir şeymiş gibi...

"Üzgünüm. Yerine koymalıydım," dedim uysal bir tavırla yatağımdan kalkarak.

"Bence çoktan yerine koymuşsun gibi görünüyor," dedi annem. Sesindeki acı ve yüzündeki hayal kırıklığı beni şaşırtmamalıydı, ama şaşırmıştım. Birkaç dakikalık sessizlikten sonra bakışlarını kazaktan ayırdı ve gözlerimin içine baktı. "Lütfen kazağına bu şekilde davranma."

Çok paramızın olmadığını bilsem de bunun annem üzerinde yarattığı sıkıntının büyüklüğünü o ana

85

kadar hiç fark edememiştim. Birden annemin her gün işine, Sears'a yürüyüşü... Yeni bisikletlerin yanından geçerken benim bir bisikleti ne kadar çok istediğimi bildiği halde, parasının yetmeyeceğini hatırladığı anlar canlandı zihnimde. Annemi, satın almaya parasının yetmediği kazağı ağır ağır örmeye çalışırken, durumumuzu anlayıp bu hediyeyi de bir bisiklet kadar seveceğime kendisini bir şekilde inandırdığı, ama benim yine de istemediğim kazağa bakarken gördüm. Onun değerini bilememiştim.

Annemi yaralı bir kediymiş gibi kibarca kazağımı yerden kaldırırken sessizlik içinde izleyip, orada öylece kalakaldım. Kazağı yavaşça katladı ve şifoniyerimin en üstüne yerleştirdi. Olmayan kırışıklıkları düzeltirmiş gibi ellerini kazağıma bastırarak orada bir süre durdu.

Odamın zemininde top haline gelmiş kazağı görmesiyle onun için Noel büyüsü sona ermişti, buna şimdi ne kadar inandığını anlayabiliyordum. Başka bir şey söylemeden odamdan ayrıldı. Gözlerim yeniden yanmaya başlamıştı. Karın beni tekrar neşelendirmesini bekleyerek pencerenin önüne geri döndüm. Başımı yine soğuk cama dayadım. Karşı caddedeki kız gitmişti. Yağan kar da öyle... Son kar tanesi de yere

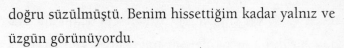

doğru süzülmüştü. Benim hissettiğim kadar yalnız ve üzgün görünüyordu.

Ardından yağmur yağmaya başladı.

Babam yeni yeni hastalık belirtileri gösterdiğinde, annem birkaç aile dostumuzla birlikte kasabadaki fırınımızı işletmeye devam etmeye çalışmıştı. Ellerinden geleni yapmış olsalar da babamın ne kadar da iyi bir aşçı olduğu kısa sürede ortaya çıkmıştı. Bir tarif basit bir listeymiş gibi görünebilirdi ama yağ lekeli kâğıt destelerinde yazılı olanların ötesinde, onu yaratıcılığa götüren başka bir şeylerin olduğu açıkça ortadaydı.

Babam ölünce annem fırını sattı. Sanırım bu kaçınılmazdı. Kasabamız, babam gibi yıllardır yavaş yavaş kurumaktaydı. Annemin ne kadar para kazandığını bilmiyordum ama çok fazla olmadığından emindim. Çünkü kontrolü eline aldığı andan itibaren bir şeyler yemek için dışarı çıktığımızda süt ısmarlamam yasaklanmıştı. Sanırım kazandığının çoğunu babamın tedavi masrafları için harcamıştı.

Fırınımızı özleyeceğim hiç aklıma gelmezdi ama özlemiştim. Hem de çok özlemiştim. Tencere yıka-

87

mayı ya da yer süpürmeyi özlemesem de bir aile olarak birlikte olmayı özlemiştim. Bütün gün çalışıyor olabilirdik ancak bütün gün birlikteydik. O anları yitirinceye kadar her nedense gözümden kaçmıştı bu ayrıntı.

Annem fırını sattıktan sonra uzunca bir süre oraya gitmekten kaçınmıştı. Ama birinin bana söylediğine göre fırını bir ayakkabıcıya çevirmişlerdi. Babamın önceleri hamur yoğurup yumurta kırdığı dükkânda şimdi yüksek topuklu ayakkabıların denendiğini hayal etmek çok güçtü.

88

Annem fırını sattığı dönemde arabamızı ve evimizi de satmıştı. Sanırım o dönem büyük bir temizlik girişiminde bulunuyordu. Evimiz, neredeyse tek arabalık garajımız kadar küçük beyaz bir binaya eşdeğer gösterilmiş, değeri düşürülmüştü.

Tüm bunlardan hiç hoşlanmamıştım. Pinto'muzun koltukları artık babamın eski baharat kokulu kolonyasından kokmuyordu. Ya da evimizde her zaman bulunan babamın çikolatalı Alman pastasının kokusu duyulmuyordu.

Yaşamımdaki tüm bu değişiklikleri çok hızlı meydana gelmişti. Bunu düşünmek sadece ısdırabımı ikiye katlıyordu. Babam hâlâ hayatta olsaydı ve hâlâ bir fırını işletseydi bana bisiklet alacak parası olurdu. Bu hiç adil değildi. Ben neden cezalandırılmıştım?

Yaklaşık bir saat kadar yağmuru izledikten sonra yeniden aşağı indim. Annem mutfaktaydı. "Yardım edilecek bir şey var mı?" diye sordum, kazak talihsizliği hiç yaşanmamış gibi davranmamızı umarak.

"Vaktimiz yok. Büyükannenlere gitmeliyiz. Git ve kazağını giy. Büyükannen bana kazağı örerken yardımcı olmuştu, onu senin üzerinde görmek için sabırsızlanıyor." Keyifsiz bir şekilde konuşmuştu, ama onun da kazak olayı hiç yaşanmamış gibi davranmaya karar verdiği belli oluyordu.

Büyükbabamın çiftliğine gitmek ve beni kaşındıracağından rahatsız edeceğinden emin olduğum o kazağı giymek istemiyordum.

Üst kata çıktım ve kazağı giydim. Kapımın arkasında asılı olan boy aynam dikkatimi çekti. Gözlerimin içine baktım. Ben ne yapıyordum böyle? Annemin ne kadar emek verdiğini ve gururlandığını bildiğim kazak üzerimdeyken kendime baktım. Kazağı sevmek istesem de yapamıyordum.

Odamdan çıktım. Evin içinde fazla fırtına koparmayacak hızla kapıyı çarptım. Büyükbabamın derslerinden hatırladığım kadarıyla, başımı belaya sokmadan, sadece taşı gediğine koymaya yetecek kadar yaygara çıkarmaya çalışıyordum.

İşe yaramadı.

Annem elime iki ekmek poşeti tutuşturdu ve bana, ne demek istediğini anlamaya cesaret edemediğim gözlerle dik dik baktı. Büyükbabamın oyunlarını benden daha iyi bileceği hiç aklıma gelmemişti.

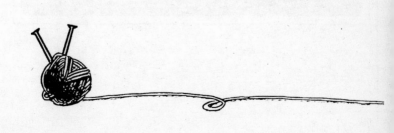

Altı

"**S**ana sadece şu kadarını söyleyeceğim Edward Lee, çiftliğe vardığımızda mutlu bir Noel geçiren çocuk olacaksın. Anladın mı?"

Annemin, adımın tamamını söylemesi her zaman kötüye işaretti. Ama onun, adımın tamamını ve soyadımı birlikte kullandığı neredeyse hiç görülmemişti. Bu gerçekten kırmızı alarmdı.

"Gayet net," dedim ters ters, Pinto'nun camından dışarı bakarak. Annemin büyükbabamlara, neden arabayla giderek bu kadar vakit harcadığını hiç anlayamıyordum. Her gidişimiz bir buçuk saat sürüyordu ve yatıya kalmadığımız zamanlarda, nadir olarak iki saatten fazla otururduk.

Lastiklerden sıçrayan ve arabanın tepesine vuran yağmur sesi dışında yolculuk sessizlik içinde geçiyordu. Annem doğruca önüne bakıyordu. Hatta aynada bile bakışlarımız kesişmiyordu. Radyoda Carpenter'ların Noel parçaları çalıyordu. Ama şarkılar biraz temmuz ayını çağrıştırdığından yersiz gibi gelmişti bana. Annem hafifçe eğilip soğuk havanın ve esen rüzgarın içeri girmesine izin vererek camı biraz araladı. Pinto'da sadece iki sıcaklık ayarı vardı: Ya soğuk ya da fırın gibi sıcak. Annem uyukluyor muydu yoksa benim kalın, yün kazağın içinde olmama mı üzülüyordu, pek anlayamamıştım doğrusu.

94

İlerledikçe, çevredeki evler azalıyordu. Sonunda büyükbabamın sokağında sıralanan küçük çiftliklerden ilki görüş açımıza girdi. Biri açıkça terk edilmişti. Yıkılmak üzere olan boş görünümlü bir evdi; ahşap çitlerinde kocaman delikler vardı ve çimleri boyu aşkın uzamıştı.

Hayır. Bu bir ilüzyon olabilirdi ancak. Kim böyle bir harabede yaşardı ki?

Bir dakikadan az bir süre sonra büyükannemin ortanca çiçeklerini ve büyükbabamın küçük ahududuları işaretlemek için sürdüğü eski sabanı ve tavuk kümesini gördüm. Annem garaj yoluna saptığında lastiklerin ıslak çakıl taşları arasında eziliş sesleri camdan duyulmaya başladı. Pinto'nun motoru durduktan sonra her zaman birkaç saniye daha çalışmaya devam ederdi. O gürlemesini kesmeden, ben de arabadan çıkışımı oyun haline dönüştürürdüm genellikle. Ama bu kez annemin arabadan çıkmasını bekleyip onu gönülsüzce takip ettim.

"Mutlu Noeller, Mary."

"Mutlu Noeller, anne." dedi annem.

Sesi, en son benimle konuştuğu andan beri biraz yumuşamış görünüyordu.

"Mutlu Noeller, Bay Eddie," dedi büyükbabam gülümseyerek. Bana ne zaman seslense gülümserdi.

"Merhaba büyükbaba," diye mırıldandım.

Huysuz tavrımı devam ettirmeye çalışıyordum ama büyükbabam her zaman bunu güçleştirirdi.

"Şu *güzel* kazağa bir bakın," dedi büyükannem, beni omuzlarımdan çekerek. Neyse ki yanaklarımı mıncıklamıyordu. "Ne harika bir örgü," dedi anneme göz kırparak.

"Beğendin mi Eddie?"

Anneme baktım. Orada öylece duruyor, ağzımdan çıkacak kelimeleri bekliyordu. Tüm olası cevapları hızlıca düşündükten sonra, "Hoş. Belki biraz sert… ya da kaşındırıyor… ya da her neyse. Ama hoş, sevdim," dedim.

Annemin soğuk bakışları girişteki kısacık yürüyüşü bir bitmek bilmez hale getirdi. Gözleriyle beni yine paylıyordu.

Büyükbabam beyaz saçları olan iri yarı bir adamdı. Saçları griden öte beyazdı ama yaşlı insanlarınki kadar da beyaz değildi. Yıllarca büyükbabamın Noel Baba olduğunu sanmıştım. O ve büyükannem aynı yaştalardı fakat büyükannemin, içinde sadece bir tane beyazı olan, uzun, kahverengi, güzel saçları vardı. "Modern bilimin mucizesi," derdi büyükbabam keyifli bir şekilde.

Ateşin önünde duran eski, büyük ve rahat kanepeye oturdum. Büyükbabam da büyükannem ve annem mutfaktayken sandalyesini alıp karşıma geçti. Büyükbabam bilmiyordu ama annem ve ben bu sandalyeye "hikâye anlatma sandalyesi" derdik. Çünkü geçmişinden destanımsı şeyler anlatmadan oturduğu görülmemişti büyükbabamın. Sorun şuydu: büyükbaba, artık kimsenin doğruluğundan emin olmadığı destanlarda gerçekle kurguyu birbirine karıştırma konusunda oldukça başarılıydı. Tekrar anlatmasını istememiz de sadece her şeyin daha fazla kötüleşmesine

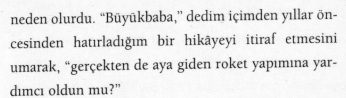

neden olurdu. "Büyükbaba," dedim içimden yıllar öncesinden hatırladığım bir hikâyeyi itiraf etmesini umarak, "gerçekten de aya giden roket yapımına yardımcı oldun mu?"

Soruya soruyla cevap vermeye bayılırdı. "Ben hiç sana yalan söyledim mi?" dedi şakasına anlattığı hikâyelerin gerçekliğini savunurcasına; şimdi bunu itiraf ederek yalan söylemeyecekti. Hatta büyükanne de artık gerçeği bilmiyor gibi görünüyordu. Ona büyükbabanın destanlarından birinin gerçek olup olmadığını sorduğumda "Olabilir mi acaba?" diyordu. O da gerçekten tüm bu hikâyelerin doğruluğundan emin olamıyordu.

Bazen de büyükbabam bir hikâye atmaya başlardı ve birkaç saniye sonra büyükannem ona bağırarak bunun doğru olmadığını dile getirirdi. "Edward!" Büyükbaba bu kez sesini alçaltır ve sandalyesini bana doğru yaklaştırarak hikâyesine kaldığı yerden devam ederdi. Bu taktik, palavralar devam ettikçe büyükbabamın kucağına oturup hayran hayran onu izleyene dek sürerdi.

"Büyükbaba bütün bu evi gerçekten de tek başına sen mi inşa ettin?"

"Evet, aslında çekiçsiz ve sadece iki..."

97

"EDWAAAAARD!" Büyükannem mutfaktan bağırmıştı. Bu kadar uzaklıktan onu nasıl duyduğunu hiçbir zaman anlayamamıştım. Annem her zaman büyükannemin arkasında gözleri olduğunu söylerdi bana. Bana öyle geliyordu ki büyükannemin diğer odalarda da kulakları vardı.

Şimdi ise büyükbabam yağmurlu bir Noel akşamında önümdeki sandalyesinde, çenesini okşayarak otururken başka bir hikâyeye başlayacağını ummuştum. Bana söylediği her şeyin uydurma olduğunu önemsemiyor değildim ama... ama artık kazak, bisiklet ya da babam hakkında hiçbir şey düşünmek istemiyordum.

Neyse ki başka bir fikri vardı büyükbabamın. "Eee... Eddie. Çin damasında beni yenmeye hazır mısın?"

Çin daması mı? Neler oluyordu? Büyükbabam ya kâğıt oynadığı herkesten bozuk para koparırdı ya da farklı bir oyunla sistemini sınamak isterdi. Sonuca parmak basarak risk almıştım. "Neden kâğıt oynamıyoruz?"

"Kâğıt mı?" Büyükbabam hızla bakışlarını benden kaçırmıştı; bir şeyler çevirmek üzere olan bir dümenci edasıyla. "Destemi epeydir bulamıyorum. Ama

Çin daması daha eğlenceli. İnsan hesap yapmak zorunda kalmıyor."

Hesap mı? Büyükbabamın sistemi giderek daha da karmaşıklaşıyordu. Ama bu noktada gerçek, ortada daha eğlenceli olan bir oyunun olmayışıydı. "Hayır, teşekkürler büyükbaba."

"Ters giden bir şey mi var Eddie?"

"Yoo, sadece Noel değilmiş gibi. Belki de yağmurdan kaynaklıyordur."

"Hımm. Noel değilmiş gibi demek? Ben şu Noel ağacından kurtulsam iyi olacak o zaman, " dedi hak ettiğimden daha sıcak bir gülümsemeyle.

Ona sabah olanları anlatmayı düşünüyordum, bir bisiklet hak ederken onun yerine nasıl kazak aldığımı... Eğer biri benim hayal kırıklığımı öğrenecekse bu büyükbabam olacaktı. Her şey yolunda giderse takındığım tavır yüzünden annemden özür bile dileyebilirdim. Gelirken arabada geçirdiğimiz doksan dakikalık sessizlik kısacık yolu öylesine uzatmıştı ki yolculuğun neredeyse dayanılmaz olduğunu düşünmüştüm. Noel ağaçları gözüme iliştiğinde büyükbabama olup biteni anlatmak üzereydim. Ağacı önceden keşfedememiş olmam benim için olağandışıydı. Altında sadece birkaç hediye vardı. Büyükbaba beni hediyelere bakarken yakaladı. "Biliyorsun... Büyükannen hepsini oraya koymaz."

Duyduklarım arasında kaybolmuştum. Ve büyük-babamın az önce söylediğini zar zor duyabilmiştim. Yüzümü yeniden ona doğru çevirip, "Nasıl yani?" dedim.

"Büyükannen, hediyelere gizlice baktığımızı düşünüyor... Bu nedenle artık tüm hediyeleri ağacın altına koymuyor. Onları saklıyor."

"Böyle bir fikre nereden kapıldı?" İstemsiz olarak yüzümde küçük bir gülümseme belirmişti. Yalan söyleme konusunda büyükbabam kadar deneyimli değildim.

"Hiçbir fikrim yok." Büyükbabamın suratı hiç renk vermemişti. "Fakat bildiğim şu ki: korsanlar hazinelerini büyükannenin sakladığı gibi saklasalardı herhalde mahvolurlardı. Bana birkaç çorap ve yeni bir alet kemeri alınmış."

Neden şaşırdığımı bilmiyordum ama şaşırmıştım. Ya ben? Bana ne alınmıştı?

"Ah, bilmiyorum Eddie. Eminim sana yeni pijamalar gelecektir... Fakat sanırım onları henüz paketlememiş büyükannen. Galiba şifonyerin üzerine koyacak." Büyükbabam bakışlarını uzaklara çevirdi.

"Aklıma başka bir seçenek gelmiyor. Senden ateş için çalı çırpı toplamama yardım etmeni istesem sorun olur mu acaba?"

"Hayır, sorun olmaz." Büyükbabama hayır demek gerçekten zordu... Ancak bunu onunla laf dalaşına girip ikinci kez dile getirmekse imkânsızdı. Sıralanmış odun yığınlarına giderken çamurlu, ıslak karlar arasından güçlükle yürüyorduk. Büyükbabamın ayak izleri arasında benimkilerin kaybolduğunu görmek beni çok eğlendirmişti. Nedenini anlamak güç değildi. Ayakları benimkilerin üç katıydı.

"Büyükbaba," diye fısıldadım. "Benim hediyelerimi bulamadığını söylerken neyi kastetmiştin?"

Büyükbabam kollarıma biraz daha fazlasını taşıyabileceğimden emin olduğu odun parçalarını stoklarken sorumu duymazdan geldi. Koltuğunun altına bir parça odun sıkıştırıp ellerini de montunun ceplerine soktu ve beni eve kadar takip etti.

"Demek geldiniz," dedi büyükannem kapıyı açarken. "Kaybolduğunuzu düşünmeye başlamıştık."

Büyükannem, büyükbabamın *asla* kaybolmayacağını herkesten daha iyi bilirdi. Elbette büyükbabam çoğu zaman insanların sandığı gibi olması gereken yerde olmazdı. Ama büyükannem onun her zaman

101

nerede olduğunu ve daha da önemlisi neden orada olduğunu bilirdi.

"Bize haber vermeden kasabaya gittiğinizi düşünmüştüm," dedi gülümseyerek.

Ne zaman ziyaretlerine gitsem büyükbabam beni kasabaya götürmek için bir bahane bulurdu. Büyükbabam en ufak bir getir götür işini bile maceraya dönüştürebilen bir adamdı. Birkaç yaz önce, büyükannem, elektrikli süpürgesine yeni bir torba alması için büyükbabamın hırdavatçıya gitmesini istemişti. Ben de onun peşinden gitmiştim. On dakika uzaklıktaki dükkâna gitmek yerine bizi arabayla kasabanın bir ucundaki dükkâna götürmüştü. Bunun nedenini anlamak çok vaktimi almamıştı. Bu özel dükkânın arkasında dondurma tezgâhı açılmıştı.

Üç saat sonra geri dönmüştük. Büyükannemin ne olduğunu sormasına gerek bile yoktu, çünkü dondurmalı bıyıklar bizi ele vermişti. Büyükannem konuşmaya başlamadan, büyükbabam elektrikli süpürge makinesinin torbalarını çıkarmış ve onu sımsıkı kucaklamıştı. Ona kızmak herkes için gerçekten çok zordu.

Bu kısa yolculuğumuzu hatırladığımda yüzümde bir gülümseme belirdi.

Annem, pamuklu mutfak önlüğünü giymiş, büyükannemin arkasında duruyordu. Benim güldüğümü görünce o da gülümsedi.

Yüzümü çevirdim. Evet, on iki yaşındaki bir çocuğun yapabileceği şekilde teslim olmaya hazır değilmişim gibi ahmakça davrandım ve aramıza yeni bir duvar daha ördüm.

Eğer büyükbabam hikâye anlatma kralı olsaydı, akşam yemeği sofrası onun hükümdarlığı olurdu. Masamız her zaman eğlenceliydi, yine de büyükannem hediyelerimizi yemekten sonra açmamıza izin verdiğinden beri büyükbabam Noel'deki hikâyelerini alışılmışın aksine kısa kesmeye çalışıyordu. O da benim gibi bir an önce Noel ağacına ulaşmayı istiyordu.

Bu yıl büyükbabam geçen yıllara oranla fazlasıyla aceleci görünüyordu. Annem ve ben onun bir şeylerin peşinde olduğunu anlamış olsak da ne olduğunu ikimiz de çözememiştik. Sonunda akşam yemeğine çok az bir vakit kalmıştı. Büyükannem belli ki yerinde duramayacak noktaya gelmişti. Büyükbabama döndü ve fısıldayarak, "Yarın, Edward," dedi. Büyükbabamın ne kadar hayal kırıklığına uğradığı yüzünden okunuyordu.

Kahveleri doldurduktan sonra hepimiz Salona doluştuk. Büyükbabam hikâye anlatma sandalyesine, annem ve büyükannem ise kanepeye oturdular. Ağacın yanına gittim. Kafama bir Noel Baba şapkası takmışlardı; her zamanki gibi hediye dağıtıcısı olarak tayin edilmiştim. Hemen işe koyuldum.

"İşte başlıyoruz, büyükbaba," dedim hafif olan hediyeyi ona verirken. Çorap gibi hafif, diye düşündüm. Hediyeyi büyükbabamın ayak ucuna bırakırken büyükannem bana göz kırptı.

Üzerinde adımın yazılı olduğu etiketi bulmayı umarak diğer kutulara ulaşmak için ağacın yanına geri döndüm -ama sadece iki kutuda adım vardı. Annem bile üç tane hediye almıştı.

Yavaşça ilk hediyemi açmaya başladım; hediye paketinin üzerindeki bantta küçük bir hava baloncuğu fark ettim. Büyükbabam yapmış olmalıydı. "Ne yaptığını biliyorum" bakışlarımdan birini atmak için gözlerimi ona çevirdim. Ama hediyesine o kadar odaklanmıştı ki beni önemsemedi.

Bana verilen iki hediyenin boyutlarına bakarak, her ikisinin de bisiklet olmadığını anlayabilmiştim.

Ama hâlâ umudumu yitirmemek için direniyordum - tıpkı sabahleyin kazağımı açmadan önce yaptığım gibi. *Peki ya büyükbabam bir bisiklet resmini paketlediyse?* Büyükbabanın hayal gücünü hiçbir zaman küçümseyemezdim.

"Çoraplar!"

Düşüncelerim büyükbabamın heyecan dolu bağırışıyla bölünmüştü. Tanrım, bu konuda çok iyiydi.

Çoğu insan televizyonlarının karşısında hediye paketlerini yırtıp, buruşturup top haline getirdikten sonra odanın karşısındaki çöp kutusuna atarken biz, gelecek yıl yeniden kullanabilmek için kâğıtları her zaman dikkatli ve yavaşça açmak zorundaydık. Sanırım annem ve büyükannem içten içe kâğıtları tekrar kullanılabilir hale getirmede kimin daha becerikli olduğunu görebilmek için bir yarışa girişmişlerdi. Bu seneki hediye paketlerinin her biri iki yıl önceki Noel'den kalmaydı.

· Hediyeleri açma işlemini yavaşlattığı için paket biriktirme yönteminden her zaman nefret etmiş olsam da bu durum büyükbabamla "tahmin operasyonundaki ön hazırlık" aşaması sırasında yapmış olabileceğimiz hataların örtbas edilmesine yardımcı oluyordu. Kazayla bir parça kâğıt yırtsak ya da bant ko-

105

parsak, zorunlu geri dönüşüm programında azarlana-bilirdik.

Üzerinde adımın yazılı olduğu kutulardan birini havaya kaldırdım. Paketlenmemişti bile. Kurdelesini çözüp üstünü açtım ve üzerindeki kâğıdı kenara it-tim. Kalbim telaş içinde çarpıyordu. Eğer hediye pa-keti açma işinin arasına beni bisiklete götürecek bir ipucu iliştiren biri olsaydı... Bu kişi kesinlikle büyük-babam olurdu.

Heyecandan ellerim titriyordu. Büyükbabama baktım. Yüzünde muzip bir gülümseme vardı. Bu iyi-ye işaretti. Kağıtların son parçalarını yırtmış ve niha-yet hediyeme ulaşmıştım: Elde dikilmiş pijamalar ve kazak yünümün aynısıyla örülmüş el örgüsü bir çift patik.

Harika. Yine sersemlemiştim.

Kazak vakasının tekrarlanmasını istemediğim-den, en mutlu tavrımı takındım. "Teşekkürler büyük-kanne. Gerçekten çok hoşlar. Kazağıma da uyacak-lar." O anda sahte heyecan yaratma konusunda ol-dukça başarılı olduğumu söyleyebilirim.

"Kesinlikle öyle... yününü annenle birlikte seç-tik. Ne büyük karar ama!"

"Bir alet kemeri!" Büyükbabam yine şaşkın bir şekilde bağırmıştı. "Bu ne güzel bir sürpriz! Hem de en çok istediğimden."

Günüm giderek bir faciaya dönüşüyordu ve ben bunu daha fazla uzatmak istemiyordum. Annemlerin alabildiği tek votka şişesi olan Charlie Bucket'tan canım çekse de buna asla izin verilmeyeceğni bilerek son hediyeme uzandım.

Etikete baktım ve yüreğim burkuldu. Hediye büyük halamdandı. Ama "büyük" kelimesi seçtiği hediyelerini tanımlamakta pek işe yaramıyordu. Yaşlı olduğu kadar çıldırmıştı da. Hediyeleri de neredeyse her zaman, evinden az önce çıkarılıp paketlenmiş gibiydi. Bir yıl bana kimsenin ne olduğunu anlayamadığı bir hediye vermişti. Büyükbaba onun daha önce halamın evinde gördüğü bir küllük olduğunu iddia etmişti. Ama annem eski, ev yapımı bir kahve bardağı olduğunu düşünmüştü. Her ikisi de istediğim bir şey değildi. Odamdaki şifonyerin üzerinde duruyordu; içine de üzerine el yapımı hayvan desenleri çizdiğim taşları ve çengelli iğneleri koymuştum.

Bu yılki hediyemi açarken gerçekten kullanabileceğim bir şey olmasını dilemiştim, ama hayal kırıklığına uğramam çok da uzun sürmemişti. Bir adet bozuk para rulosuydu.

Benimle dalga geçiyor olmalı, diye düşündüm. En azından onları nereye koyup saklayacağımı biliyordum.

Yağmur bardaktan boşanırcasına yağmaya devam ediyordu ve ben, yavaşlatılmış hareketlerle düşüyormuş gibi görünen her bir yağmur damlasının yankısını duyabiliyordum. Kar ve Noel büyüsü çamurlu su birikintilerinde toplanmıştı. Tamamen farklı biri olarak bugüne yeniden başlayabilmeyi ne kadar çok isterdim!

"Eddie, büyükannen yatıya kalmamızı teklif diyor," diyerek yeni bir gün hayalimi böldü annem. "Yarın sabah güzel bir kahvaltı yapar, öğle yemeği vaktinde de evde oluruz."

Kalbimin hızla çarptığını hissediyordum. Çiftlikte yatıya kalmak oldum olası hoşuma giden bir şeydi. Bir keresinde, annem ve büyükannem uykudayken, büyükbabamla başımızı türlü belalara sokmuştuk. Mutfağa girip iki saat boyunca büyükannemin baharatlarının her birini farklı kavanozlara dökerek karıştırmıştık. Tarçın, kırmızı bibere; maydanoz, dereotuna; dereotu, hindistan cevizine; hindistan cevizi de biberiyeye dönüşmüştü. Ertesi gün kahvaltıdaki karışık tost iğrençti. Ama büyükannemin bize zorla yedirdiği dereotlu her bir dilimi ısırırken büyükbabamla birlikte gülmekten kırılmıştık.

O gece orada kalmayı gerçekten hiç istemiyordum. Büyükbabamın, geçirdiğim günü bana unutturabilecek yeryüzündeki tek insan olduğunu biliyordum. Fakat on iki yaş gururum tüm bu yaşananların ardından anneme farklı bir şekilde davranmama olanak vermiyordu. Bir kazak? Pijama? Bozuk para rulosu? Şimdiye kadar geçirdiğim en kötü Noel'di. Kafamı anneme mümkün olan en ters bakışımla, "Gerçekten kendimi iyi hissetmiyorum. Eve gitmek istiyorum," dedim.

Büyükbabam bana tuhaf tuhaf baktı.

Annem alnını ovuşturdu. "Eddie, dün gece iyi uyuyamadım ve mağazada çok uzun vardiyalar boyunca çalıştığımı sen de biliyorsun. Bitkin durumdayım ve kendimi araba kullanabilecekmiş gibi hissetmiyorum."

Başını hafifçe kaldırdı ve bana göz kırptı ki bu çok şey ifade ediyordu.

"Lütfen, benim için?"

Karşı koymaya devam ettim. "Ben... Ben gerçekten sadece eve gitmek istiyorum. Eminim arkadaşlarımın bazıları bana oynamaktan hoşlanacağım hediyeler almıştır." Annemin yüzündeki ifade sözlerimin amacına ulaştığını gösteriyordu. Büyükbabamın gözleri kısıldı.

Annem, "Üzgünüm Eddie," diyerek kararlı bir şekilde cevap verdi.

"Kalıyoruz. Araba kullanamayacak kadar yorgunum."

"Bu demek oluyor ki yarın sabah hep birlikte kahvaltı yapacağız," dedi büyükannem gülümseyerek.

Sonra büyükbabam araya girdi. Ses tonu benimkinden çok daha ciddiydi. "Eddie'm haklı. Belki de eve gitmelisiniz. Tüm bunlardan sonra Eddie kendini iyi hissetmiyor."

Büyükbabamın oyunumun içinde olduğunu bilmeliydim. On iki yaşında gibi düşünmeyi benden çok daha iyi başarıyordu.

Onun bir adım ilerisini düşünerek tüm bu karışıklıkta bir çıkış yolu bulmayı denedim. "Aslında, büyükbaba... Belki de annem haklı. Belki kalmalıyız. Sabah sana kasabada yardım edebileceğim bir iki işin yok mu?" Büyükbabama, bana karşılık vermesini bekleyerek, alaylı bir gülüşle baktım. Ama yapmadı.

"Hayır, önümüzdeki hafta halledemeyeceğim hiçbir şey yok. Bence gerçekten ikiniz de evde olmalısınız. Arkadaşlarının harika oyuncaklarıyla oynamak için sabırsızlandığına eminim."

Mat edilmiştim, mahcup ve dalgın gözlerle yere baktım.

Annem içini çekti. "Hımm, galiba buraya kadar." Bakışları bitkinliğini ve yenilgisini ele veriyordu. "Yukarı çık ve eşyalarını topla Eddie. Büyükannen ve büyükbabanla konuşmam gerek. Hazır olduğumda sana sesleneceğim."

Rahatsız olduğumu belli etmeden, "Tabii," dedim.

"Ekmek poşetlerini de giy."

Merdivenlerden çıktım. Annemin cezası, düşündüğümden daha fazla etkilemişti beni ve bakışlarındaki ifade kalbimi kırmıştı. Suçluluk duygumu öfkeyle bastırdım. Tanrı'ya, hayata ve anneme öfkeliydim. *Bu benim suçum değil,* dedim kendi kendime.

Yatak odasına vardığımda, ekmek poşetlerini aldım ama giymedim. Aptal poşetler. Hepsini bir köşeye fırlattım. Ne kadar pis, ne kadar rezil, ne kadar kötü bir gün! Noel'den nefret etmiştim ve bir an evvel bitmesini diliyordum. Ama bitmek üzere bile değildi

-önümüzde uzun, acılı, sessiz bir yolculuk olduğuna emindim.

Noel kazağımı çıkardım ve yatağıma uzanırken kollarımın arasında sıkıca kavradım. *Ne hediye ama!* Kendi kendimle alay ederek düşündüm. *Ne kadar da mükemmel bir hediye!* Kızgınlıktan gözlerim yanmaya başlamıştı. Gözyaşlarım kuruyana kadar annemin beni çağırmamasını umut ederek kafamı yastığın altına gömdüm.

112

"Eddie." Annemin sesi merdivenlerde yankılandı. "Gitme vakti."

Çok halsizdim. İsteksizce kazağımı giyindim, sonra çantamı kapıp aşağı indim. Büyükannem kollarını annemin beline dolamış, ona moral verici sözler söylüyordu. "Eve vardığında beni aramayı unutma, Mary. Tüm gece endişeli halde ayakta kalmak istemiyorum."

Hatırladığım kadarıyla annem büyükannemleri eve döner dönmez arayacaktı. Uzak mesafe aramaları bizim için bir lüks olduğundan büyükbabamın yardımıyla bir sistem geliştirmişlerdi. Annem bire bir görü-

şebilmek için operatörü arayacak ve kendini isteye-
cekti. Büyükanne kızının evden şimdi ayrıldığını söy-
leyerek cevap verecek, sonra da telefonu kapatacaktı.
Böylece kızının eve güvenle vardığını bilecekti. Bu ha-
rika bir sistemdi... Büyükbabamın sürekli vurguladığı
gibi "Bu tam anlamıyla bedava ve *oldukça* dürüst bir
yöntemdi."

Büyükannem bize hazırladığı kahvaltılıkları pa-
ketlemek için mutfağa girdi. Fısıldaşmaları duyabili-
yordum.

Destekler artıyordu ve ben... Oyunu kazanacak-
tım. Bunun neleri alıp götürdüğü önemli değildi.

113

Yedi

Eve ulaşmamıza yirmi dakika kala annem konuşmaya başladı. "Eddie... Bu kez gerçekten haddini aştın."

Sözümona dikiz aynasında yavaş yavaş kaybolmakta olan tarlaları izliyordum. Fırtınanın yaklaşmakta olduğunu işaret eden bulutlar, güneşi donuk, solgun bir sarıya çevirmişti.

"Benim ne yapmamı istiyorsun?" diye sordu annem gözyaşlarını gizlemeye çalışarak.

"Gerçek bir hayatımın olmasını istiyorum." Kelimeler ağzımdan çıkıvermişti. "Arkadaşlarımınki gibi." Kendime engel olamamıştım. Bütün gün bastırdığım duygular ve kızgınlık sel gibi akıp gitmişti.

"Gerçek bir hayat mı? Eddie, işte bu, benim hayatımın gerçeği. Dört farklı işte çalışıyorum. Kendimi iki yıldır hiç uyumamış gibi hissediyorum. Evde seninle daha çok zaman geçirebileyim diye insanlarla çalışma saatlerimi değiştiriyorum. Elimden gelen bu, Eddie. Çok yoruldum. Ben gerçekten çok yoruldum. Biliyor musun? Belki de sekiz yaşındaki bir çocuk gibi davranmak yerine, adam olmaya başlamanın vakti gelmiştir."

116

Annemin daha önce benimle bu şekilde konuştuğunu hiç hatırlamıyordum. Gözyaşlarını belli etmeden silişini görmek için bakışlarımı tam zamanında aynaya çevirmiştim. Tekrar konuşmaya başladığında ise ses tonu biraz daha yumuşamıştı.

"Baban öldüğünden beri bazı şeylerin ters gittiğini biliyorum. Ama bu her ikimiz için de zordu. Bazen her şeyin bir nedeni olduğunu anlamak zorundasın. Bu nedeni bulmak, ondan ders çıkarmak, seni sadece varmak istediğin yere değil aynı zamanda bulunmak zorunda olduğun yere götürmesine izin vermek sana kalmış." Annem yavaşça konuşuyordu. "Ya yaşamının ne kadar ağır olduğundan şikâyet etmeye devam edersin ya da bundan kendinin sorumlu olduğunu kavrarsın. Mutlu mu mutsuz mu olacağına karar vermen gerek. Ve *hiçbir şey* –ne bir kazak ne de bir bisiklet- bunu asla değiştiremeyecek."

İçten içe annemden özür dileyip beni affetmesi için yalvarmak istiyordum. Bunu yapmak yerine öylece oturdum.

Gün boyu dinmeyen yağmur, yavaşlayıp çiselemeye başlamıştı. Ama sis önümüzü görmemizi zorlaştırdığından sorun çıkarıyordu. Burnumuzun ucunu dahi görmek söz konusu değildi -annemin bakışları yeni bir nutuk için aynada bekliyor olmalıydı. Camımı yarıya kadar aralayıp eve çabucak varmamız için dua ettim.

Birkaç dakika sonra sisin içinden büyükannemin kilisesi belirdi. "Büyükannemin kilisesi" diyorum, çünkü ailemizdeki en dindar insan büyükannem idi. Annem ikinci sırada geliyordu ama üçüncülük için tam olarak bir mücadele yoktu. Büyükbabam ve ben sonunculuğu paylaşıyorduk.

Küçük bir çocukken giyinir ve annemle her pazar kiliseye giderdim. Bundan nefret ederdim. Beni dimdik oturtur ve ayini saatlerce dinlemek zorunda bırakırdı. Babam bizimle hiç gelmezdi. Onun yerine ge-

117

nellikle evde kalır ya da golf oynamaya giderdi. Kendisini, on emrin büyük inançlısı olarak nitelendirirdi; özellikle pazar gününü tatil eden emrin. Annem her zaman babama, Tanrı'nın golf oynamayı muhtemelen dikkate almayacağını hatırlatırdı. Babam da gülerek, "Tanrı pazar günlerini dikkate almaz," derdi. Bir yanım babamın bunu bizimle gelmediği için kendini rahatlatmak amacıyla söylediğini düşünürdü ama babamın diğerlerine nasıl muamele ettiğini, bir ihtiyaç halinde onları ne kadar önemsediğini gördüğümde anlardım ki tam olarak anlatmak istediği şey, aslında Tanrı'nın *her* günü dikkate aldığıydı.

118

Yazın, büyükannemlerde sık kaldığım dönemlerde her pazar büyükannemin kilisesine giderdik. Öyle ki orası gitmeyi dört gözle beklediğim tek yerdi. Çünkü büyükbabam ve ben vaktin geçmesi için oyunlar türetirdik. Yıllar sonra destelerce oyuna ulaştık. Ama benim favorim "Tanrı'nın tarafını tut" diye adlandırdığımız oyundu. (Büyükbabam aslında bu oyuna, "İsa'nın yerden yükselişi" demeye çalışıyordu ama biraz aşırıya kaçtığından daha güvenli bir isimde uzlaşmıştık.)

Kurallar basitti. Papaz cemaatten oturmasını, kalkmasını, diz çökmesini ya da şarkı söylemesini her istediğinde bunu ilk yapan siz olmalıydınız. Kulağa kolay geliyor olabilir, ama kazanmak için önceden doğru tahminde bulunmalıydınız. Yanlış tahmin ettiğinizde, sadece oyunu kaybetmekle kalmayıp bir de gerizekâlı gibi görünürdünüz -ve büyükannenin öfke dolu bakışlarına maruz kalırdınız. Geçmişe bakılacak olursa, annemin nutuk çeken gözlerindeki esrarengiz yetisini nereden aldığı gayet açıktı.

Tanrı'nın tarafını tut oyununu oynadıkça, büyükbaba ve ben bu işte uzmanlaştık. Bir keresinde büyükbabam "On Eagle's Wings" şarkısını söylemeye başlamıştı ve Papaz Sullivian, kutsal kitabı okumayı erkenden bırakıp kürsüsünden ona ters ters bakmıştı. Bu, büyükbabamla son kez kasıtlı olarak yan yana oturuşum oldu.

119

Büyükannem bizim aramızda oturmaya başladıktan sonra, ayinler bir ömür sürüyormuş gibi geliyordu bana. Ama zaman geçtikçe tuhaf bir şey oldu: iyi vakit geçirmeye başlamıştım artık. Sanırım bunun bir sebebi de kilisenin kendimi babama en yakın olduğumu hissettiğim yer olmasıydı. Tanımlaması güç ama yanı başımda oturduğunu hissettiğim zamanlar olurdu. Bazen o korkunç sesiyle benimkine eşlik ettiğini dahi duyardım.

Arka camdan dışarı baktım. Babamla en iyi ilişki

kurabildiğim yer olan büyükannemin kilisesi sis için-
de bir noktaydı şimdi. İki adım ötemde oturan kişi-
nin, hayatta olmayan birinden bile bana daha uzak ol-
masının ne kadar garip olduğunu düşündüm.

Kilisenin ufuktan kaybolmasıyla arkamı döndüm
ve öne doğru bir bakış atma riskini göze aldım. Anne-
min bakışları aynada beni bekliyordu -ama bu defa
gözlerinde kızgınlık ve acı yoktu, sadece yorgunluk
vardı. Özür dilemem ve bütün olanların unutulması
için bana bir fırsat veriyordu adeta. Ama ben buna hâ-
lâ hazır değildim.

On dakika geçmeden uykuya dalmışım.

Annem de öyle.

Motorun soğurken çıkardığı sesle uyandım. Göz-
lerimi yukarı kaldırdım ve üzerinde oturduğum kol-
tuğu gördüm. Her yerden birbirine karışmış metaller
ve kablolar sarkıyor, adeta üzerime üzerime geliyor-
du. Annemin koltuk başlığının kılıfından çıkan dağıl-
mış kumaşlar aşağı sarkıyordu. Gösterge tablosunda
bir şey sürekli yanıp sönüyor ve her saniye yerdeki
ufacık bir noktayı aydınlatıyordu.

120

Hava şartları yüzünden güçlükle ulaşmış bir çift el beni, baş aşağı olan arka kapının kısmen açık olan yerinden çekip çıkardı. Adamın yüzünü görememiştim ama beni sıkı tuttuğundan ellerinin ne kadar kirlenmiş olduğunu fark edebilmiştim.

"Anne!" Haykırmaya çalışmış ama tek kelime edememiştim. Kazağımın altında tüylerim diken diken olmuştu.

Yeniden uykuya dalmış olmalıyım. Çünkü uyandığımda yanmakta olan arabanın yaklaşık olarak yirmi metre uzağındaydım. Parlak kırmızı ve turuncu dumanlar, karanlık gökyüzünde sonsuzluğuna ulaşmıştı. Sıcaklık bunaltıcıydı. Kaygı verici siren seslerini işittim ve uzaktaki bulutlar üzerine yansıyan ışıkların parıldamalarını gördüm.

Sonra tekrar uykuya daldım.

Gözlerimi açtım. Parlak ışıklar gözlerimi kamaştırdı. Doktorlar ve hemşireler kendi aralarında fısıldaşıyorlardı. Ama içlerinden hiçbiri dikkatini bana yöneltmiş gibi görünmüyordu.

"Annem nerede?" diye haykırdım. "Annem nasıl? Annemi görmek istiyorum!"

Doktor sorularımı başka sorularla cevapladı sadece; tıpkı büyükbabamın gerçeği benden saklamaya çalıştığı zamanlar yaptığı gibi. "Babanla nasıl iletişim kurarız?"

"Babam... öldü." diye fısıldadığımı hatırlıyorum. Sonra yeniden uykuya dalmışım.

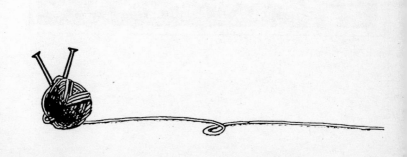

Sekiz

n yaşındayken büyükannemler beni yılda bir kez gerçekleştirilen Puyallup Fuarı'na götürmüşlerdi. Disneyland gibi değildi ama heyecan yaratmak için yol kenarlarında tekerlekli patenler üzerinde geçen yıllardan sonra hatırı sayılır bir değişiklikti bu. Büyükannem herhangi bir şeye binmeyi reddetmişti; sadece açık hava sergisi ve gösterilerle ilgilenmişti. Büyükbabam ise asla dönen bir şeyin içine binmezdi, çünkü bu onu hasta ederdi. Böylece çok fazla seçeneğimiz kalmamıştı. Hayvanat bahçesindeki evcil hayvanları besledikten, elma topladıktan ve yavaş giden manzaralı trene bindikten sonra (bu bile büyükannem için aşırı derecede hızlıydı) daha büyük bir şey için hazırdım artık. Lunaparktaki en hızlı tren, roller coaster için.

Resmi olarak "Heyecan treni" olarak bilinen bu tren, onu inşa eden mühendis tarafından isimlendirilmiş olmalıydı. Her şeye rağmen lunaparktaki en iyi araca böyle sıkıcı, sıradan bir ismin verilmesinin başka nasıl bir açıklaması olabilirdi ki?

İlk olarak 1935'te Douglas Köknarı'nın gövdesinden yapılan tren aslında ülkenin en büyük ya da en hızlısı değildi ama bana hâlâ oldukça ürkütücü görünüyordu. Yeniden inşa edilmeden önce 1950'lerdeki yangında harap olmuştu. Şimdi ise heyecan arayışı içinde olanları kışkırtarak fuar alanı üzerinde yükseliyordu.

Büyükbabamla sırada beklerken bineceğimiz trenin çıkardığı sese hayret etmiştik. Büyükbabam, başından beri beklediğimiz cümlesini kurmuştu. "Bu trene binmek istediğine emin misin Eddie?" diye sormuştu bana. "Çok yüksekten düşüyor ve hızı saatte 50 km'den fazla. Bununla başa çıkabilirim. Peki ya sen?"

"Elbette," dedim. Aslında pek de emin değildim.

Sonunda vagonumuzun içine girdik ve demirden

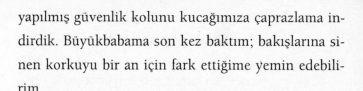

yapılmış güvenlik kolunu kucağımıza çaprazlama indirdik. Büyükbabama son kez baktım; bakışlarına sinen korkuyu bir an için fark ettiğime yemin edebilirim.

Ahşap trenin kolayca tanınabilen çatırtısı, bağlı zincirleri birbirinden ayırmıştı ve işte ilk tepemize yükseliyorduk.

Manzara tepeden muhteşem görünüyordu. Vagon, sanki yerçekimini ele geçirmişçesine kısa bir süre için durmuştu. Büyükannemin kilisesini ve çan kulesinin güneşte parlayan saatini bile görebilmiştim. Daha uzun süre bakmaya vaktim yoktu. Tepeyi aşmıştık ve gittikçe hızlanarak süratle yere doğru iniyorduk. Altımızdaki ahşap parçalar şiddetli bir şekilde sallanıyordu. Büyükbabam elimi sıkıp korkmamamı söylüyordu.

Aslında benim onun elini tuttuğumdan çok daha sıkı tuttuğunu yıllar geçtikten sonra anlayabilmiştim.

Şimdi ise birlikte annemin ayılmasını bekliyorduk ve büyükbabam elimi bir kez daha sıkıca tutuyordu. Kimin kimi rahatlatmaya çalıştığından emin değildim, ama kapıdan dışarıya kaçmamı engelleyen tek şeyin büyükbabam olduğunu biliyordum.

Çok geçmeden annemin direksiyon başında uykuya daldığını öğrenmiştim. Arabamız yolda sürüklenmişti ve bir hendeğe yuvarlanmıştık. Bende tek bir çizik bile yoktu ama annem boynunu kırmıştı. Doktorlar ve arkadaşları, annemin olay anında ölmüş olduğunu ve sanki bu durumu daha iyi kılıyormuş gibi hiç acı çekmediğini söylüyorlardı bana. Bu elbette bir işe yaramıyordu. Annemi geri istiyordum. Ölemezdi. Ne sonra ne de şimdi... Ne de "olay anında". Ona hoşça kal bile diyememiştim. En önemlisi de ona ne kadar üzgün olduğumu söyleyememiş olmamdı. Şimdi bunu asla bilemeyecekti.

"Oh, Eddie." Cathryn Teyze kırmızı, şiş gözlerle ve alışılmışın dışındaki yumuşak ses tonuyla bana sıkıca sarıldı. "Çok üzgünüm." Konuşmaya devam etmeye çalışmıştı ama kelimeleri anlaşılmıyordu.

Bayan Benson ve bakımevindeki diğer insanlar da oradaydılar. Ama aralarında yanak çimdikleyen ya da ilahi söyleyen tek bir kişi bile yoktu. Sadece gözyaşı ve şefkatli kucaklaşmalar vardı. Onlardan herhangi birini bir daha görebilecek miyim diye merak etmiştim.

Büyükannem, annemin elini tutarsam üzüleceğimi söylemişti. Ama umurumda değildi. O an olduğumdan daha üzgün olamazdım zaten. Tabutuna doğru ilerledim. Gerçekmiş gibi görünmüyordu. Benim annemmiş gibi de görünmüyordu. Daha çok Sears'da giydirdiği mankenlere benziyordu. Çok sakin. Çok huzurlu. Her zaman gözlerimin önündeki saçlarımı düzelten yumuşacık eli göğsünde, gülleri tutarmış gibi cansız uzanıyordu. Üzerinde daha önce hiç görmediğim bir elbise vardı ve yüzünde hiç satın almadığından emin olduğum makyaj malzemeleri.

Ona dokunmak için elimi uzattım ve o an kırmızı Noel kazağımı giyiyor olduğumu fark ettim. Onu giydiğimi bile anımsamıyordum.

Ağlamak istedim. Aslında *ağlamam gerektiğini* hissettim diyebilirim. Ama orada, annemin elini tutarak beklerken tüm hissettiğimin kızgınlık olduğunu anladım ve buna şaşırdım. İnsanların her birine kızgındım... Ama Tanrı'ya olduğum kadar değil. O şimdi de annemi benden almıştı.

Neden? Onlar bunu hak edecek ne yapmışlardı? Tanrı onları hastalıktan ve araba kazasından kurtarabilirdi ama bunu yapmamayı tercih etmişti. Benim dualarıma cevap verebilirdi ama bunun yerine hepsini duy-

129

mazdan gelmişti. Tanrı, babam ondan ikinci bir şans dileyerek dua ettiğinde de oralı olmamış, onu dinlememişti. Annem bize kutsal bir Noel bahşetmesi için dua ettiğinde de orada olmamıştı. Bu artık aşikârdı.

Büyükbabam duygularımı ifade ediş biçimimden etkilenmiş olmalıydı. Başıma gelenlerin ve başıma geleceklerin ağırlığı altında yıkılmak üzereyken beni güçlü kolları arasına alıp bağrına bastı. Ardından o an anlayamadığım ama sonra hayatım boyunca hiç unutmadığım üç kelimeyi kulağıma fısıldadı: *"Her şey yolunda."*

130

Ama her şeyden çok sevdiğim annem tabutun içinde yatıyordu. Büyükbabam bundan daha fazla yanılmış olamaz. Hiçbir şey yolunda değildi. Hiçbir şey yeniden yoluna da girmeyecekti.

Aylardan sonra annemin ölümü ve cenaze töreni tek bir karede sıkışmıştı. Orada olduğumu biliyordum ama hatırımda kalanlar sanki başkalarının anlattığı hikâyeler gibiydi. Bu sersem halim uzun süre devam etti. Kazayı yeniden gözümde canlandırmaya çalışıyor ve o anı hatırlayamıyordum.

Büyükbabamların çiftliğine taşınmıştım. Onların evindeki odam, tavandan su akmaması dışında eski odama bir hayli benziyordu. Ayrıca sabahları tavukların, öğlenleri de ineklerin seslerini yatak odamdan duyabiliyordum. Evleri, günün yirmi dört saati bana nerede olduğumu daima hatırlatan taze ekmek ve pastırma kokuyordu. Burada olma sebebim ise hiçbir şekilde aklımdan çıkmıyordu.

Başıma gelenler yüzünden kendimi yiyip bitiriyordum. Tanrı, belli ki benim için bunu hesaplamıştı ve benim de bunun nedenini öğrenmek için zamandan başka hiçbir şeyim yoktu.

Eski arkadaşlarım nasıl olduğumu görmek için beni ziyaret etmeye başlamışlardı ama bisiklet binme alanı dışında oturuyor olmam biraraya gelebilmemizi güçleştiriyordu. Elbette bu, bir bisikletim olmadığından sorun teşkil etmiyordu zaten.

Cathryn Teyze de beni birkaç defa aramaya yeltenmişti ama bu konuda beceriksizdi. Çünkü ikimiz de annem olmadan birbirimizle nasıl konuşacağımızı bilmiyorduk. Uzun mesafe aramaları zaten bir lükstü, bu nedenle iletişimimizi koparmamız uzun sürmemişti.

Büyükbabamla hâlâ yiyecek, kablo gibi gömlek

cebine sıkıştırdığı kâğıt parçasına yazdığı ne varsa almak için kasaba merkezine kısa yolculuklar yapmaya devam ediyorduk. O hiç değişmemişti ama ben... Ben değişmiştim. İçime kapanmıştım. Kızgındım. Birkaç gezintiden sonra gönüllü olarak ona katılmaktan vazgeçmiştim. Büyükbabam da artık gezintilerimizi eğlenceli hale getirmeye çalışmıyordu. Gezintiler gitgide hızını artırmış, sessizleşmişti; sadece alışveriş yapma, sonrasında da eve olabildiğince hızlı geri dönme çabasına dönüşmüştü. Böyle devam eden birkaç gezintiden sonra büyükbabam da beni peşinden sürüklemeye bir son vermişti.

132

Bırakmadığımız tek gezinti, büyükannenin kilisesine yaptığımız haftalık ziyaretlerdi. Tek bir ayini bile kaçırmamıştık. Ama vakit geçirmek için yaptığımız oyunlar yoktu artık. Büyükbabam dikkatinin dağılmasını istemiyordu. Bana, "Saygılı ol," diye vaaz sırasında hafifçe fısıldıyordu. "Dinlemeye çalışıyorum. Sen de öyle yapmalısın."

Topluluk dağıldıktan sonra büyükannemler genellikle kilisenin ön sıralarında oturur, başlarını öne eğer ve dua ederlerdi. Ben arkada kalır ve onları beklerdim. Bazen dua mumlarını bir şekle göre yeniden düzenlerdim. Diğer zamanlarda takdis edilmiş su ile

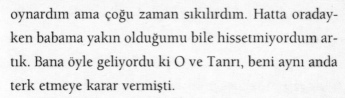

oynardım ama çoğu zaman sıkılırdım. Hatta oraday-
ken babama yakın olduğumu bile hissetmiyordum ar-
tık. Bana öyle geliyordu ki O ve Tanrı, beni aynı anda
terk etmeye karar vermişti.

Tanrı'nın onlara yardım eli uzatacağını düşüne-
rek kendilerini kandıran büyükbabamları izleyerek
geçirdiğim birkaç haftadan sonra bir karara vardım.
Beni kiliseye götürebilirlerdi belki ama bana o vaazla-
rı dinletemezlerdi. Büyükbabam bütün cevapları kili-
sede bulabileceğine inanıyor olabilirdi. Ama ben ceva-
bımı çoktan almıştım: Tanrı ölüydü artık. Var olma-
dığından değil... Benim için artık ölmüştü. Benim du-
alarımı duymuş ve onları önemsememeye karar ver-
mişti. Bu nedenle şimdi de ben O'nu görmezden geli-
yordum.

Beni üzdüğü kadar ben de O'na acı verecektim.

Kasabaya kısa geziler gerçekleştirilmediğinden,
büyükbabam hemen dikbaşlı torununa kılavuzluk et-
mek için yeni imkânlar yaratmıştı. Havalar güzel ol-
duğu için günlük işler değişmişti ve büyükbabam bu
durumun ona yardım etmem için beni zorlamaya de-
ğer bir neden olduğuna karar vermişti.

Büyükbabam hırdavat dükkânlarının ve kereste
depolarının sadece çiviler için iyi olduklarına inanır-

dı. "Fakat eski ahırlardan ya da binaların dış cephelerinden bedavaya söküp alabileceğimiz halde neden onlara para verelim ki?" derdi. Büyükbabam, bedava araç gereç toplamayı bir hobi haline dönüştürmüştü. Gözüne bir şey kestirdiği zaman durur ve mal sahibine bu kırık dökük parçadan kurtulmak isteyip istemeyeceğini sorardı. Mal sahipleri de genellikle ellerindekini harabe görünümünden çıkaracak birini bulduklarına sevinip büyükbabamın teklifini hemen kabul ederlerdi.

Büyükbabam, tahtalarını satmayı teklif edenleri kibarca reddederdi. Asla bedavaya alınabilecek bir şey için para ödemezdi. Bazı durumlarda Seattle'dan taşınan hatta daha da kötüsü California gibi büyük bir şehre taşınan biri varsa bedavaya verdikleri eşyaların taşınması için para vermeleri konusunda onları ikna ederdi. Buradan uzakta, biz taşralıların dünyasında, işlerin nasıl yürüdüğünü öğrenmelerinin iyi olduğunu söylerdi.

Büyükbaba, boşta kalan bütün tahta parçalarını ve çerçeveleri toplayıp ahırının arkasında biriktirmişti. Aceleyle istiflenmiş gibi bir halleri vardı. Ciddi anlamda dağınık görünüyorlardı. Bir gün arkaya geçmeme izin verip bana yığını gösterdi ve yeni bir kümes

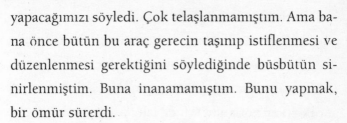

yapacağımızı söyledi. Çok telaşlanmamıştım. Ama bana önce bütün bu araç gerecin taşınıp istiflenmesi ve düzenlenmesi gerektiğini söylediğinde büsbütün sinirlenmiştim. Buna inanamamıştım. Bunu yapmak, bir ömür sürerdi.

Büyükbabam birkaç dakikalığına yanımdan ayrıldı ve elinde iki limonata ile geri döndü. Geniş demir yolu traverslerini kaldırmakta zorlandığımı gördü ve hızlıca gözlüklerini çıkarıp bir ucundan tutmak için yanıma koştu.

"Rahatsız olma," dedim ona. "Ben hallederim." Tüm işleri benim omzuma yıktığı için çok kızgındım. Etrafımda dolanmasına bile tahammül edemiyordum. Büyükbabam beni daha önce hiç böyle görmemişti. Hiç olmadığım kadar dobraydım.

Büyükbabam hemen geri çekildi, gözlüğünü çıkardı, limonatasından bir yudum aldı ve birkaç dakika boyunca beni izleyerek orada kaldı. Tek kelime bile etmedim. Hatta ona bakmadım bile. Aptal angarya işini bitirirken onun kendini iyi hissetmesini sağlamayacağımı bilmesini istiyordum. Sonunda yanımdan uzaklaşmaya karar verdiğinde, "Bitirdiğinde bana haber ver," dedi kısaca.

Büyükbabam her geçen saat nasıl olduğumu gör-

135

mek ya da bana evden yeni bir limonata getirmek için ahırın arkasını gözetlemeye devam etti. Günler geçiyor ama büyükbabamın ziyaretleri hiç azalmıyordu. Çiftliğin bir tarafından diğerine ağır sabanları kaldırıp sürüklerken zorlandığımı da izliyordu. O eski çivileri tahtaları kımıldatmadan nasıl çıkarabileceğimi söylemiyor, hiçbir öneride bulunmuyordu.

Birkaç kez onu, arka verandada oturmuş, komşumuz David'e abartılı hikâyeler anlatırken gördüm. Bir keresinde ise hortumdan su içmek için köşeye geldiğimde onu hamakta uyurken buldum. Hortumun tıpasının sesi onu uyandırdığında göz göze geldik ve bana, "Bitmedi mi hâlâ?" diye sordu. Sinirden köpürdüm.

Ne şaka ama! diye kendi kendime düşündüm. *Artık büyükbabamın, annemin ölümünü nasıl bu kadar başarılı bir şekilde kendi lehine çevirdiğini biliyordum. Çiftlikte olduğum için mutluydu, çünkü sonunda bütün bu zor işleri, yani onun bütün zor işlerini, bedavaya yapacak birini bulmuştu.*

Büyükbabam bana işimi bitirip bitirmediğimi her sorduğunda gitgide artan vücut ağrım ve kesiklerle, kıymıklarla kaplı ellerimle hırsım da artıyordu.

Bir insan nasıl kendi torununu çırpınırken seyreder ve asla yardım eli uzatmaz?

İşimin dördüncü gününde büyükbabam limonatasıyla yanıma geldi ve bana ezbere aldığı sorusunu sordu: "Bitirdin mi?" Öfkeden çılgına döndüm. "Benimle dalga mı geçiyorsun?" diye haykırdım. "Şu kırık dökük şeylere bak. Bunların hepsini taşımam günlerimi alır. Çok acelen varsa misafirlerle eğlenmek ya da uyuklamak veya vicdanını rahatlatmak için o aptal limonatayı getirmek yerine bana yardım etmeyi deneyebilirsin."

Büyükbabam üzgün üzgün bana baktı. "Sana yardım etmeyi teklif etmiştim. Sana ilk gün teklif etmiştim ve her geçen saat teklifimi yinelemiştim."

"Ne zaman?" İşime devam etmek için öne eğilirken bağırdım. "Sorduğun tek şey ne zaman bitireceğimdi!"

· "Hayır Eddie, belki duyduğun buydu ama sorduğum şey bu değildi." Sesi net ve sakindi. "Ben sana bitirip bitirmediğini soruyordum."

"Ah, affedersiniz, pardon Bay Profesör!" Büyükbabama daha önce hiç böyle bir saygısızlıkta bulunmamıştım. Değiştiğimi hissediyordum ve bu beni korkutuyordu. Bununla nasıl baş edeceğimden emin de-

137

ğildim. Ayrıca bir tarafım bunu sonlandırmak da istemiyordu.

Büyükbabam beni kollarımdan yakaladı ve hayatımda ilk kez yüzüme tokat attı. Acıdan gözlerimden yaşlar boşaldı.

Kendini toplamaya çalışırken birkaç dakika sessiz kaldı. Tekrar konuşmaya başladığında ise ses tonu yumuşacıktı.

"Önceki gün bütün işi sana gösterdiğimde 'biz' yeni bir kümes yapacağız demiştim. 'Ben' dememiştim ve ayrıca kesinlikle 'Sen' de dememiştim. Bütün bu işleri kendi başına yapmanı istememiştim asla. Sen öyle sandın. Sana yardım etmeyi teklif ettiğimde rahatsız olmamamı söyledin. Hatırlarsan senden ilk kez işi bitirdiğinde bana haber vermeni rica etmiştim. Angarya işini bitirdiğin zamanı kastetmemiştim. Etrafta canın sıkkın dolaşmayı bıraktığın zaman bana haber vermeni istemiştim. Kendini kötü hissetmeyi ne zaman bırakacaksın? Hayatın sana karşı olduğunu düşünmeyi ne zaman bırakacaksın?" dedi ve sözlerine kaldığı yerden devam etti.

"Hayat sana karşı değil, Eddie. Sen kendine karşısın. Kimsenin bu yükü tek başına sırtlamak zorunda olmadığını anlamalısın. Biz hepimiz bu yolda birlikte-

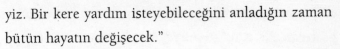

yiz. Bir kere yardım isteyebileceğini anladığın zaman bütün hayatın değişecek."

Yanağımdaki acı, söylediklerine odaklanmamı zorlaştırıyordu. "Hayatımın zaten yeterince değiştiğini düşünüyorum," diye yanıtladım.

"Bak Eddie, şu anda hayatın sana korkunç acılar sunduğunu biliyorum. Büyükannen ve ben her gece Tanrı'ya senin ve bizim acılarımızı dindirmesi için yalvarıyoruz. Ama annesini kaybeden ilk çocuk sen değilsin, ben de kızını kaybeden ilk baba değilim. Onun yokluğunu birlikte atlatmayı öğrenebiliriz. Bunu tek başına yapmak zorunda değilsin." Uzun zamandır ilk kez gözlerini fark ettim: keskin, derin mavilikler yerini yorgun griliklere bırakmıştı.

"Sana biraz önce vurduğum için üzgünüm ama artık seni tanıyamıyorum Eddie. Olman gereken genç değilsin ve kendine nasıl biri olmayı yakıştırdığını da bilmiyorum. Acı geçecek ve zamanla birlikte tekrar güleceğiz." Durdu ve uzaklara baktı. "Kızımı geri istiyorum ve Eddie, en iyi arkadaşımı da. Seni geri istiyorum. Bazen lanet olası kazada her ikinizi de kaybettiğimi düşünüyorum."

Lanet olası sözü büyükbabam için çok büyük bir küfürdü. Yüzünde daha kötü kelimelerin oluştuğunu

139

görmüştüm ama büyükannem hiçbir küfre hoşgörü göstermezdi. Ama şu an yüzü sadece üzüntü ve yorgunluk yüklüydü. *Yaşlı* görünüyordu.

Büyükbabamın kızını kaybettiğini ilk kez algılamıştım. Benim ona ihtiyacım olduğu kadar, onun da bana ihtiyacı vardı. Hızlı trendeki gibi birbirimizin elini sımsıkı tutmaya ihtiyacımız vardı. Kimin kimi rahatlatıyor olduğunun bir önemi yoktu.

Aniden kendimi müthiş yorgun hissetmeye başladım. Fiziksel yorgunluktan çok, yalnız başıma olmaktan, sürekli kendi kendimi yemekten ve içimde gizlediğim suçluluk duygusunu bastırmaktan yorulmuştum. Büyükbabamın kolları arasına atlamak ve bana sarılmasını, bana her şeyin yoluna gireceğini söylemesini istedim. Ama ben hâlâ on iki yaşındaydım ve nasıl geri adım atacağımı, yaptığım bütün hataları nasıl düzelteceğimi bilmiyordum. Çareyi öfkelenmekte buldum. Ağzımdan çıkan kelimelerden nefret etmiştim ama onları durduramıyordum:

"Ne senin ne de Tanrı'nın bana yardım etmesine ihtiyacım var!" Sesim cılızdı ve dudaklarımın titrediğini hissedebiliyordum.

"Birine kızmak istediğini biliyorum," dedi büyükbabam sakin bir tavırla. "Bu seni rahatlatacaksa bana kız. Ama Tanrı'ya öfkelenme. Bunu sana O yapmadı. Bazı şeyler sadece oluverir. Bazen bu yaptıklarımızın bir sonucudur bazen de değildir. Bazen iyi insanların başına kötü şeyler gelir. Ama Tanrı'nın planı her zaman için seni mutlu etmektir."

Büyükbabamın konuşmasını bitirmesini umarak gözlerimi yere diktim. Ama konuşmaya devam ediyordu. "Hepimiz zorluklarla ve sınavlarla karşı karşıya kalıyoruz. Bunlar bizi güçlendirmek ve bizi geleceğe hazırlamak için var. Sadece keyfimiz için değil, bu yolda karşı karşıya geldiğimiz bütün zorluklar için. Bizim için ne planladığını bilmiyorum, ama eminim biz bunu başaracağız, Eddie. Tanrı bizi asla ihtiyaç duyduğumuz bilgi ve güçten yoksun bırakmayacak." Büyükbabamın bütün bunları kilise toplantılarında öğrenip öğrenmediğini merak etmiştim doğrusu.

"Onun yardımı mı?" Keskin bakışlarını gözlerime kenetlemişti. Vücudumun baştan aşağıya ısındığını hissediyordum. "Sanırım bize çoktan yardımı dokundu, değil mi? Masum insanları öldürmek sınavlarının bir parçası ise Tanrı hasta ve verdiği dersler de o aptal kümes kadar yararlıdır. Bu arada hâlâ işi bitirmedim." Eğildim ve yeni bir tahta parçasını elime aldım. Yürürken büyükbabanın duyacağı şekilde, "Bitirdiğimde sana haber vereceğim," diyerek homurdandım.

Okulun son günü koridorda öğretmenlerimden biri beni durdurdu ve elini omzuma koydu. "Eddie, Taylor'la tanıştın mı?"

"Sanmıyorum," dedim neden önemsediğini merak ederek. Arkasında benim yaşlarımda bir çocuk vardı.

"Taylor, bu Eddie. Eddie, Taylor." Elini ikimizin omzuna koyup aramıza girmişti. "Siz ikiniz, komşusunuz. Bunu biliyor muydunuz?"

"Seni daha önce görmedim," diye cevapladım uzun boylu çocuğu. Dağılmış, kıvırcık, çikolata kahvesi saçları vardı; tükürükle bile düzeltilemeyeceği açıktı.

"Otobüse binmem," diye cevapladı.

Birbirimize şaşkınlıkla bakakaldık. Öğretmen güldü ve yanımızdan ayrıldı.

"Nerede oturuyorsun?" diye sordum.

"161. yolun dışında."

"Ben de."

"Eve otobüsle mi gitmek istiyorsun? Otobüsler çok kötü kokuyor."

Bunu mecazi anlamda mı yoksa gerçek anlamda mı söylediğini anlayamamıştım ama her ikisinde de haklıydı.

Okul girişindeki koridordan geçip taba rengi arabaya ulaştık. "Vay! Bu sizin mi?" diye sordum.

Taylor, arabanın harika olduğunu düşünmemden hoşlanmış görünüyordu. "Hayır, biz onu çaldık," diye cevapladı. Bu, Taylor'ın bitmek bilmeyen alaycı tavrına ilk kez tanık oluşumdu.

Araba son model, dev gibi bir Lincoln'dü ve ekmek poşetlerini ayakkabılarına geçirmek için kullanan bir çocuk için fazlasıyla etkileyiciydi. "Baban, doktor filan mı?" diye sordum.

"Aslında evet. O, beyin cerrahıdır."

"Gerçekten mi?" Fırıncı aileden gelen biri olarak bu beni arabadan daha çok etkilemişti.

"Hayır, yine kandırdım seni Eddie. Seni kandırmak gerçekten çok kolay. Babam aslında bir pazarlamacı." Taylor güldü ve kapıyı açtı. Annesiyle babası ön koltukta oturuyordu.

"Arkadaşın kim?" diye sordu annesi olduğunu düşündüğüm kadın.

"Bu Eddie."

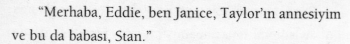

"Merhaba, Eddie, ben Janice, Taylor'ın annesiyim ve bu da babası, Stan."

"Merhaba, Eddie," dedi Stan.

"Tanıştığıma memnun oldum Bay, Bayan..."

"Ashton" dediler hep bir ağızdan. "Ama bize Stan ve Janice de."

"Bay ve Bayan Ashton, sizinle tanıştığıma memnun oldum."

"Biz de Eddie," dedi Bay Ashton. "Plan ne Taylor?"

144

"Eddie bize çok yakın oturuyor. Ona kendisini eve bırakabileceğimizi söylemiştim."

"Tabii, memnuniyetle," dedi Bay Ashton. "Atlayın hadi."

Bay Ashton büyükbabamın çiftliğine uzanan yola dönerken, "Eddie, bizimle akşam yemeğine kalman için sizinkileri ikna edebilir miyiz? Taylor'ın en sevdiği lokantaya gideceğiz," dedi. *Vaay! Dışarıda yemek mi? Salı günü mü? Çok varlıklı olmalıydılar.* "Çok isterim... Stan ama büyükbabamlar muhtemelen beni bekliyorlardır." Bir yetişkine ismiyle hitap etmek bana çok garip gelmişti.

"Pekâlâ, onları arayıp bir sor bakalım."

Birkaç dakika sonra Taylor'ın evine vardık ve hemen büyükannemi aradım. Yeni bir arkadaş edinmemin verdiği mutluluk akşam yemeği için evde olmayışımdan daha ağır basmıştı. Ashtonların kim olduğunu ve nerede yaşadıklarını ona açıkladıktan sonra onlarla akşam yemeği yememe izin verdi. Benim için akşam yemeği yemek bir macera gibiydi. Nadiren dışarıda yemek yiyordum ve asla salı günü dışarıda yemezdim. Özel durumlarda annemler beni Farrel'daki dondurma standına götürürlerdi. O zaman bile annem bana süt ısmarlamamamı hatırlatırdı. Dondurmanın da sütten yapıldığını söylerdi.

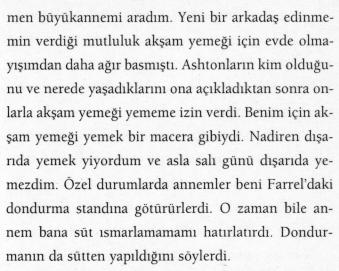

145

Bay Ashton'ın geçimini nasıl sağladığını bilmiyordum ama çok zengin olmalıydılar. Sadece süt ısmarlamamıza izin verdiklerinden değil, gazoz bile ısmarlayabilmiştik. Lokanta ya da evde gazlı bir içeceğe ulaşamadığım gerçeğini göz önünde bulundurursak bu gerçek bir zevkti benim için. Hatta pek çok baloncuk içerdiği gerçeğinden başka uzun zamandır gazozun ne olduğunu bile bilmiyordum.

Bir keresinde, yaklaşık üç sene önce, ilaçları koyduğumuz mutfak dolabında bir şişe limon aromalı Alka-Seltzer bulmuştum. Bardağa boşaltırken fokurdadığını görmüş ve bunun "çabuk ve kolay hazırlanabilen bir gazoz" olduğunu düşünmüştüm. Ardından birkaç gece ailem uykuya dalana kadar bekledim ve sonra özel bir içecek olduğunu düşündüğüm şeyin tadına baktım. İnsanların gazozu niye bu kadar çok sevdiklerini anlamamıştım ama gittikçe daha çok seveceğimi düşünmüştüm.

Bir hafta sonra annem midesi ekşiyip dolaptaki yarısı boş şişeleri bulunca gizli soda fabrikam kapatılmıştı ve bana müdahale edilmişti. "Kolay hazırlanabilen gazozun" hepsini içtiğim için üzgün olduğumu söylemiştim. Annem katıla katıla gülmüştü.

Gerçek sodanın tadına varınca bir şey daha fark ettim; Bay Ashton takım elbise giyiyor ve kravat takıyordu. Babamı ya da büyükbabamı kilise dışında hiç takım elbiseli görmemiştim. Kıyafet uzmanı değildim, ama üzerindeki takımın çok pahalı göründüğünü ve gömleğinin kesinlikle yerli olmadığını söyleyebilirdim.

Sahip oldukları bütün pahalı şeylerle öyle çok meşguldüm ki Ashtonların birbirleriyle ne kadar az konuştuklarını fark etmemiştim.

Yolun yarısında Bay Ashton, bir süprizi olduğunu söyleyerek sessizliği bozdu. Güney California'da bir işi çıkmıştı ve ailesini de yanında götürecekti, bu sayede bir haftalığına hep birlikte Disneyland'e gidebi-

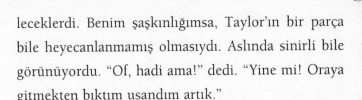

leceklerdi. Benim şaşkınlığımsa, Taylor'ın bir parça bile heyecanlanmamış olmasıydı. Aslında sinirli bile görünüyordu. "Of, hadi ama!" dedi. "Yine mi! Oraya gitmekten bıktım usandım artık."

Duyduklarıma inanamamıştım. Kaç kez gitmiş olabilirlerdi ki? Hangi çocuk Disneyland'e gitmekten bıkar ki? "Eğer siz gitmek istiyorsanız..." diye devam etti, "iyi, o halde ben evde kalıyorum."

Birkaç dakika rahatsız edici bir sessizlik oldu. Taylor'a, "Bana bak genç adam!" tarzı bir konuşma yapmak istesem de çenemi kapalı tutmuştum. Bunun yerine, Taylor'ın annesi karşılık verdi. "Hıı... şey... olabilir." Nasıl yani? Bu aileye inanamıyordum!

147

"Biliyorsun Taylor..." Yemeğine gözünü dikerek devam etti babası. "Eğer yapmak istediğin buysa, o zaman tamam. İstediğim son şey, seni istemediğin bir yere sürüklemek. Belki yazın gidecek başka bir yer bulabiliriz."

Beni sürükleyebilirsiniz! diye haykırmak istedim. Sanırım hâlâ şoktaydım. Sadece Taylor'ın California'ya gitmek istememesine değil, ailesinin de evde kalacağını söylediğinde ona evet demesine çok şaşırmıştım. O benim yeni kahramanımdı. Taylor, yetişkin bir bireymiş gibi görünüyordu ve ailesi de ona öyleymiş gibi davranıyordu. Büyükannemlerin kesinlikle Stan ve Janice'ten öğrenmesi gereken çok şey vardı. Mükemmel bir aileydiler.

"Akşam yemeğine Eddie'yi davet ettiğiniz için çok teşekkürler." Ashtonların dev, Avrupai, sürgülü araba camlarından içeriye seslenmişti büyükannem.

148   "Rica ederim, bu iki gencin yaz tatilinde birbirlerine yakın olduğunu bilmek güzel." Annem ve Cathryn Teyze'yi izlerken öğrendiğim onaylama bakışlarını her ikisinin de gözlerinde görebilmiştim.

"Davet etmemiz gerekiyor…" Büyükannemin sesi Taylor'a bakarken giderek kısılıyordu.

"Taylor…"

"…. Taylor'ı yakında davet etmeliyiz."

Bayan Ashton arabasıyla oradan uzaklaşmıştı ve büyükannem gülümseyerek benimle ev arasında kalıvermişti.

"Ne hoş bir olay, değil mi Eddie?"

"Sanırım." Yanından hızlıca geçip ön kapıdan içeri girdim. O içeri gelmemişti. Aslında kımıldamamıştı bile. Nerede durduğuma bakarak orada öylece bekliyordu.

Büyükannemi daha önce hiç böyle incitmemiştim. Ama o anda gerçekten farkında değildim. Taylor'ın yaşamının ne kadar muhteşem olduğunu ve bu ailenin bir parçası olabileceğimi düşünmekle çok fazla meşguldüm. Bilmeden Taylor'ı ve beni derinden etkileyecek bir karar almıştım: Bu davranışımı görmezden gelecek ve geçmişimi silmeye çalışacaktım.

Ve büyükannem geçmişten bir parçaydı.

Dokuz

151

Oyaz, Ashtonların evinde bir hayli zaman geçirdim. Aynı yaşta olmaları dışında Janice'le annemin ortak hiçbir tarafı yoktu ve bu da benim için hiçbir sorun teşkil etmiyordu. Etrafımda yaptığım, söylediğim veya daha da önemlisi *yapmadığım* ve *söylemediğim* şeyleri bana hatırlatacak birinin olmasını istemiyordum.

Uzun bir süre Bayan Ashton'ın yalnız olduğunu fark edememiştim. Onu hiç sarhoşken görmemiştim, ama yanı başında kristal kadehi olmadan bir akşam geçirdiği çok nadirdi. O anlarda bunun "zengin" insanların yaşamlarının bir parçası olduğunu düşünürdüm. Büyüleyici görünürdü. Kendimi evimdeymişim gibi hissederdim.

Bayan Ashton' ın bütün hayatı Taylor'ın etrafında dönüyordu. Hemen hemen bütün vaktini ve dikkatini oğlunu ve şimdi de "bizi" mutlu etmek için harcıyordu. Hayatımın gerçekleri arasında benim için bir teselli gibiydi. Ashtonlarla bir geçmişim yoktu. Onlarla sadece geleceğim olabilirdi ve o da çok parlaktı.

Alışık olduğumdan çok daha farklı bir aileydi. Parayla elde edemedikleri şeyleri gülerek karşılamıyorlardı. Taylor botlarına ekmek poşetleri takmazdı (aslında istemediği zamanlarda bot da giymeyebilirdi) ve ailesi, istediği zaman ona bir bisiklet alabilirdi. Bu Avrupai evin garajında boş boş bekleyen en az üç tane bisiklet görmüştüm.

Bay Ashton, pek sık olmamakla birlikte, evdeyken ev sessiz olurdu. İşi yüzünden çok fazla seyahat etmesi gerekiyordu, ama yine de her kısa seyahatten sonra eve yeni bir hediye ile gelirdi. Onun ve Taylor'ın asla çok konuşmamalarının muhteşem olduğunu düşünmüştüm. Konuşmazlarsa uzun uzun öğüt de vermezler demekti.

Babası, en son seyahatinden Taylor'a Pong isimli,

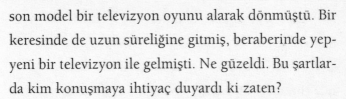

son model bir televizyon oyunu alarak dönmüştü. Bir keresinde de uzun süreliğine gitmiş, beraberinde yepyeni bir televizyon ile gelmişti. Ne güzeldi. Bu şartlarda kim konuşmaya ihtiyaç duyardı ki zaten?

Küçükken televizyonumuz o kadar minikti ki daha iyi görebilmek için önüne çökerdim. Annem her zaman bana ya kanser ya da kör olacağımı söyler dururdu. Babamsa annemin sadece beni korkutmaya çalıştığını söylerdi. Şimdi geçmişe dönüp baktığımda babamın bunu sadece onun kişisel uzaktan kumanda vazifesini gördüğüm için söylediğini düşünüyorum. Dakika başı bana, "Eddie, dördüncü ve beşinci kanal. Bir de yedinciyi dene," diye seslenirdi.

Televizyon karşısında oturan ben olduğum halde kansere babamın yakalanması hiç de mantıklı değildi. Taylor ne kadar muhteşem bir şeye sahip olduğunu bilmiyordu. Sadece Brady Bunch stili modern evlerine bakarak bile mutlu olduklarını söyleyebilirdiniz. Hatta onların gerçek bir televizyon kumandaları bile vardı. Taylor muhtemelen asla kansere yakalanmayacak ya da kör olmayacak ve bunun kıymetini de asla bilmeyecekti.

Bir süre sonra onların ailesinin bir parçası olduğuma kendimi inandırmaya başlamıştım -hatta birkaç

153

çiftlik ötedeki gerçek ailemden bile fazla. Hiçbir problemleri yoktu ve hayat onlar için yeterince kolaydı: Gerçek bir aileydiler. Annem bana her zaman "paranın" insanı mutlu edemeyeceğini söylerdi ama yanıldığını artık biliyordum. Taylor'ın tonlarca eşyası vardı ve o, benim şu ana kadar olduğumdan çok daha mutluydu.

154

Taylor'ın evine giderken ilk başta çok uzun gelen yürüyüşler her seferinde daha da kısalıyordu. Yol üzerindeki çiftliklerden biri, boyu aşan çimleri ile terk edilmiş görünüyordu, ama evime yaptığım kısa yolculukların birinde bu konuda yanılmış olduğumu fark ettim.

İyi giyimli bir adam yol boyunca uzanan ve pek azı sağlam olan çitlere yaslanırken bana "Tünaydın," dedi. Hemen hemen büyükbabam yaşlarında ama ondan daha zayıf ve kısa boyluydu. Gözleri sanki daha genç bir adammış gibi bakıyordu, ama yüzü neredeyse kirle ve suratından kaçmak istercesine fırlamış alacalı sakalla kaplıydı. Onu çiftliğin dışında görmüş olsaydım evsiz biri olduğunu düşünürdüm.

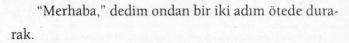

"Merhaba," dedim ondan bir iki adım ötede durarak.

"Arkadaşının evinden dönüyorsun, değil mi?"

"Evet, efendim," dedim nereden geldiğimi bilmesinden tedirgin olarak.

"Orada kendini evindeymiş gibi hissettiğine bahse girerim," dedi anlayışlı bir tavırla.

"Evet, efendim."

"Hımm, her ikimizin de yapacağı ve insanların göreceği çok şeyi var. İyi akşamlar."

"Size de," dedim, dikkatlice bir iki adım attım ve beni izleyip izlemediğini görebilmek için arkama baktım.

Evet, bakıyordu.

"Annene üzüldüm," dedi başka birinden çıktığını sandığım baskın bir ses tonuyla. Gözleri bana takılmıştı, ama yüzü tamamen rahatlamış gibi görünüyordu. "Ama her şey yoluna girecek evlat, her şey düzelecek."

Büyükbabam da böyle derdi; bu kelimeler, büyükbabamın kelimeleriydi, aniden beni annemin cenaze törenine götürmüştü. Kımıldayamamıştım. Hatta ondan gözlerimi bile ayıramamıştım. Adamın şefkat dolu yüz ifadesi ve derin mavi bakışları başka bir hal almıştı. Annemin yüzü gözümün önünde öyle güçlü canlanmıştı ki yabancı adamın yüzünü artık göremez olmuştum. Sadece annemin son zamanlardaki haliyle bana doğru koşuşunu görebiliyordum.

Tabut içinde makyajlı ve huzurlu bir haldeydi.

Yorgundu ve çiftlikten eve doğru yol alan arabanın içinde acı çekiyordu.

Odamda yerde duran kazağı gördüğünde hayal kırıklığına uğramıştı.

Çikolatadan bir parça alıyordu.

İçimdeki ıstırap birden ortaya çıkıvermişti. Hıçkırıyordum ve gözyaşlarım yanaklarımdan süzülüyordu. Birden sert çimlerin üzerine çöküp yüzümü ellerimle kapattım. Annem öldüğünden beri ilk kez ağlıyordum. Omuzlarımı son kez kaldırmaya çalıştıktan sonra, sulu gözlerle yabancıya baktım. Buna inanamıyordum -gülümsüyordu. Çiftliğine geri dönüyordu. Sonra durdu ve arkasına baktı. Bakışlarımız karşılaşınca, "Tekrar buluşuncaya kadar Eddie," dedi.

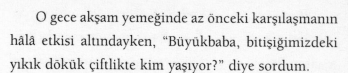

O gece akşam yemeğinde az önceki karşılaşmanın hâlâ etkisi altındayken, "Büyükbaba, bitişiğimizdeki yıkık dökük çiftlikte kim yaşıyor?" diye sordum.

"Hiç kimse Eddie. Altı ya da yedi yıldır bomboş. Orası hâlâ Johnsonların ama onlar da yeniden doğuya taşındılar.

"Şey, orada biri var. Çitlerde bir adam vardı ve benimle konuştu."

Büyükbabam tabağındaki bezelyelerle oynamaya bir son verip kaşlarını çattı. Gür beyaz kaşları neredeyse burnuna değiyordu. "Ne dedi?"

Cevap verip vermemek konusunda emin değildim. "Kibar olmaya çalışıyordu sanırım. Taylorlardan geldiğimi biliyordu ve sadece merhaba demek istemişti."

"Başka?" diye sordu büyükbabam tereddüt ettiğimi fark ederek.

"Annemi tanıyordu ve çok üzüldüğünü, her şeyin yoluna gireceğini söyledi."

Büyükbabam önce büyükanneme, sonra da bana baktı.

"Burada herkes herkesin ne yaptığını bilir, Eddie. Sanırım komşunun biri etrafı kolaçan ediyordu."

"Orada yaşayan biriymiş gibi görünüyordu."

Büyükannem şaşkınlığını gizlemeye çalışıyordu, ama büyükbabama endişeyle baktığını hemen fark etmiştim. Bu bakışı iyi biliyordum, çünkü bir yıl öncesine kadar sık sık böyle bakıyorlardı. Telefon çaldığında yemek masasındaydık. Büyükannem telefonu açtı ve tek kelime etmeden az önceki bakışlarla, telefonu büyükbabama·uzattı.

Bir keresinde sokağın sonunda oturan sakinlerden biri dışarıdayken evine zorla biri girmişti. Söylentiler yayıldıkça etraftaki insanlar eve koşmuşlardı -ellerinde tüfeklerle. Adamı, yan taraftan kaçmaya çalışırken yakalamak için tam vaktinde Bauer Çiftliği'ne varmışlardı. Polis gelene kadar da köşeye sıkıştırıp sekizi birden adama nişan almışlardı.

158

Polis komşuların hazırlıksızca oluşturdukları güvenlik çemberini gördüğünde gülmemek için kendini zor tutmuştu. "Evladım, sen ya buralı değilsin ya da şimdiye kadar gördüğüm en sersem hırsızsın," demişti yüzü pislik içinde olan çocuğa. "Bu kasaba, bu eyaletteki en güvenli kasabadır ve bu insanlar dostları için canlarını bile feda ederler."

Adamlar sessizce başlarını sallamışlar ve bu küçük kasabada yaşamın ne kadar da muhteşem olduğunu kısa bir an fark edip birbirlerine gülümsemişlerdi.

Memur devam etmişti. "Normalde, ben, evsahiplerini korumak için çağrılırım ama bu durumda, seni korumak için burada olduğumu düşünüyorum." Hırsıza kelepçeler takılırken bütün mahalleli gülmüştü.

Şimdi, büyükannemin gözlerinde yine aynı endişeyi görürken, bunun ne anlama geldiğini çok iyi biliyordum. Büyükbabam özel olarak Johnsonların evini kontrol edecekti -muhtemelen David Bauer'i ve diğer komşulardan bazılarını da birkaç Winchester tüfekle birlikte yanına alacaktı.

159

Erkenden yattım ama uyumaya korkuyordum. Annemi daha önce birkaç kez rüyamda görmüştüm. Ama her zaman siyah-beyaz, donuk ifadeli bir karaktere bürünüyordu. O gün yolda başıma gelen olay kadar gerçekçi bir hayali daha önce hiç görmemiştim ve tekrar başlamasını istemiyordum.

Ashtonlardan farklı olarak büyükbabamların açık artırmada satın aldıkları Zenith markalı bir televizyonu vardı. Biz izlemeden yaklaşık on beş dakika önce büyükbabam "Gidip şunu açayım," derdi. Düzgün bir görüntünün yakalanması bir ömür sürerdi. (Düzgün görüntüden kastımız izleyenlerin karıncalanma yüzünden midelerinin bulanmamasıydı.)

Lawrence Welk, büyükannemlerin asla kaçırmayacağı şovlardan biriydi. Büyükannem seviyordu ama Taylorların yeni televizyonlarını gördükten sonra Lawrence Welk beni sadece sinirlendiriyordu. Şov, "Muhteşem, muhteşem!" ifadeleri dışında hiçbir şeydi.

Lawrence Welk'ten nefret etsem de televizyon fikrini severdim. Welkland'de bir yerlerde orkestra yöneten birinin salondaki havayı nasıl olup da böylesine değiştirdiğini anlayamıyordum. Büyükannem televizyonu kapattığında görüntüler yok olurken, ekranın ortasında bir nokta kalana kadar izlemeye devam ederdim.

O gece, yatakta bir saat dönüp durduktan sonra salona gizlice indim ve televizyonu açtım. Televizyon pat diye yüksek ses çıkararak açıldığında büyükannemlerin bu sesin nereden geldiğine bakmak için geleceklerinden emindim. Kanal değiştirmeye cesaret edememiştim; açma düğmesinden daha çok ses çıkaracaktı.

Görüntünün netleşmesini beklerken televizyonun ne kadar eski olduğunu ilk kez fark etmiştim. Bü-

160

yükbabamın yenisini almaya gücünün olmayışının büyükannemi rahatsız ediyor muydu acaba?

Ekranın karşısına değil hemen yanına oturdum; kanserden ya da kör olmaktan kaçınmak için. Çiftlik yaşamımdaki karakterler işte tam o an kafamda biçimlenmişti: Büyükbabamlar, Taylor ve ailesi, bitişikteki yabancı ve benim üç yeni arkadaşım -Johnny, Ed ve Doc.

O gece en az bir saat boyunca The Tonight Show'u izledim, bu sayede çiftlikten ve düşüncelerimden uzaklaşabilmiştim. Tüm gece izleyebilirdim ama şov bittikten sonra kanal fonda dalgalanan Amerikan bayrağıyla beni baş başa bırakıp sinyalini kesmişti.

Sonra dairenin tepesinde bir Kızılderili kafası belirdi -ve yine yalnızdım.

On

Taylor'a büyükannemlerin, televizyonu haftada bir kez, o da sadece Lawrence Welk'i izlemek için açtıklarını söylediğimde şoke olmuştu. Okul dönemi boyunca ödevlerini ve yazın da günlük işlerini bitirdiği sürece ailesi, ne zaman televizyon seyretmek isterse ona izin veriyorlardı. Salı geceleri *Mutlu Günler*'i ve *Laverne & Shirley*'i seyrediyorum diye benimle alay ederdi. Onun ailesi *Köpük'ü izlemek* için uyanık kalmasına bile izin veriyordu. Taylor Köpük'ün görünmez olduğunu söyleyen birine, kuklaya benzer bir şey olduğunu söylemişti. Bu bana biraz acayip gelmiş olsa da kuklaların Lawrence Welk'ten bile daha iyi olduğunu düşünmüştüm.

Taylor'ın evinde yatıya kalmak için televizyonun harika bir bahane olması dışında asıl neden, Ashtonların bana kendi oğullarıymış gibi davranmalarıydı. Orada yaşadığımı, Taylor'la birlikte her istediğimizi yaptığımızı ve ailesine bizi yeni yerlere götürmeleri için yalvardığımızı hayal ederdim.

Büyükbabamın bana verdiği ordu üretim fazlası yeşil sırt çantamla bir eylül akşamı kapıya yönelirken, "Büyükanne," dedim. "Taylorlara kalmaya gidiyorum."

"Hayır, gitmiyorsun Eddie. Son yedi günün üç gününü orada geçirdin zaten. İnsanları misafirliğinden bıktırdığına eminim."

"Ashtonlar öyle düşünmüyorlar. Gerçekten. İstersen ara ve onlara sor." Taylor'un ailesine yaptığı gibi ben de bizimkilere ne yapacağımı sadece haber veriyordum.

"Onlar bunun aksini söylemeyecek kadar nazikler." Büyükannem bu duruma Ashtonlar kadar kolay boyun eğmemişti.

"Bu gece burada kalmak zorundasın. Yemekte ıslak hamburger var."

"Islak hamburger falan istemiyorum. Stan ve Janice bizi dışarıda yemeğe götüreceklerdi. Plan yapmıştık!"

Büyükannemin, benim laubali bir şekilde Ashtonlar'a ilk isimleriyle hitap etmemin şokundan kurtulması birkaç dakikasını almıştı. Bundan hiç hoşlanmamıştı.

"Yemeklerim, senin beş yıldız standartlarına uygun olmadığı için üzgünüm. Ama madem bir planın vardı, neden bunun için ilk olarak benden ya da büyükbabandan izin almadın?" Büyükannemin ses tonu kibar ama aynı zamanda katıydı da.

"Ama büyükanne..." Silahımda tek bir mermim kalmıştı. "Okul gelecek hafta başlıyor ve bundan sonra orada sadece hafta sonları kalabileceğim."

"Hayır, Eddie. Bu gece olmaz. Hatta okula adapte olana kadar ve ödevlerinin nasıl olacağını görene kadar orada kalmayacaksın."

Buna inanamıyordum. Canıma yetmişti artık. Bir hışımla çantamı kaptım ve fırlattım. Sadece bir iki adım öteye atmak istemiştim ama savrulup gitmişti. Havada sallanmış ve sıvada büyük bir çukur bırakarak duvara çarpmıştı.

Büyükannem, buna inanamayarak bir dakika ba-

165

na hayretle baktı. "Büyükbaban burada olmadığı için gerçekten çok şanslısın. Neyse ki bunları görmedi." Sesindeki nezaket kaybolmuştu.

"Evet, son zamanlarda *gerçekten* çok şanslı olduğumu hissediyorum!" Kelimeler birden ağzımdan dökülüvermişti. Odama çıkmak üzere fırladım. Bir keresinde büyükbabam beni yatıştırmıştı, ama büyükannemin hareketime nasıl bir tepki vereceğini hayal bile edemiyordum. Beni egzotik çiftlik aletleriyle benzeteceğinden emindim.

İçten içe cezam her ne olursa olsun hak ettiğimi düşünüyordum. Hatta bu yüzden daha da ileri gitmiştim.

Yaklaşık bir saat sonra, büyükbabamın kamyonetini park ettiğini duydum. Bu ses, bana şu eski kamyonetten ne kadar nefret ettiğimi anımsatmıştı. Birkaç dakika sonra ön kapının açılıp kapandığını, sonra da büyükannemin boğuk ve sakin ses tonuyla konuştuğunu duydum.

"Ne yaptı dedin!?" diye bağırdı. Büyükannem mırıldandıkça büyükbabamın sinirleri biraz olsa yatışıyordu.

Az da olsa rahatlamıştım.

Büyükbabam üst kata hiç çıkmamıştı bile.

Ertesi sabah durumun daha kötü olacağını tahmin ederek, kahvaltıda boy gösterdim, ama hiçbir şey olmadı. Her ikisi de sessizdi ve biraz çekingen bir tavırla bana, "Günaydın," dediler.

Kahvaltıdan sonra oturma odasına yürüdüm ve duvarın onarılmış olduğunu gördüm. Etrafını çevreleyen sıva birazcık daha açık renkte olmasaydı, nereye zarar verdiğimi söylemek imkânsız olacaktı. Büyükbabam öfkesini kürek ve sıvadan çıkarmış olmalıydı. Bir kova boya, duvarın önünde, yerde duruyordu.

167

"Eddie, boyanacak bir yerlerin varmış gibi görünüyor," dedi kafasını gazetesinden kaldırmayarak. "Yerlere sıçratmamaya özen göster."

"Peki, efendim," dedim ciddi bir tavırla. Sanırım bu, hayatım boyunca büyükbabama tek "efendim" deyişimdi.

Benim kadar mutsuz olup olmadıklarını merak ediyordum. Burada benimle yaşamaktan keyif alıyorlar mıydı?

Sırt çantası kazası unutulana kadar Taylor'ın evine gitmek için tekrar izin almaktan korkuyordum. Bu nedenle benim yerime Taylor sonraki birkaç hafta boyunca neredeyse her gün çiftliğimize geldi. Büyükbabamlar ona, Ashtonların bana davrandıkları gibi davranıyorlardı.

Taylor'ı ağırlamak, neredeyse onların evinde olmak kadar iyi geliyordu bana. Büyükannem, verdiği günlük işlerinden kaytarmak için "Ayy, ama büyükanne biz tam keşfe çıkmak üzereydik," desek de yanında olmamızdan son derece mutlu oluyordu. Büyükbabamla baş etmek biraz daha zahmetliydi. Ama en azından Taylor büyükbabamın bizden istediği her şeyi yapmaya istekliydi.

168

Bir gün büyükbaba, çiftlik boyunca uzanan çitlerin onarım gerektiren kısımlarını tespit edelim diye yürüyüş yapmamızı istemişti. Soğuk bir sonbahar öğleniydi; Taylor ve benim, binlerce mil görünen çit yolundaki zahmetli yürüyüşten kaçmak için büyük bir planımız vardı.

"Mükemmel bir gün," dedi büyükbabam bir neden bulmaya çalışırcasına. "Yürüyüş ikinize de çok iyi gelecek. Hem kim bilir eğlenceli bir bile olabilir."

Taylor'ın bakış açısı her zaman benimkinden

iyiydi. Bu zorlu teklifi, maceraya atılmak için bir fırsat olarak görüp kabul etmişti. Her şeye rağmen bu yürüyüş bizi şimdiye kadar çiftlikte hiç görmediğim köşelere ulaştıracaktı. Büyükannem bizim için sandviçler hazırlamış ve bunları sırt çantamın içine yerleştirmişti. Büyükannemin evde yapılmış ekmeklerinden ve yapışkanlı kâğıdından biraz utanmıştım. Çünkü Taylorların her zaman marketten alınmış ekmekleri ve plastik poşetleri olurdu. Nasıl yaşadığımızı anlamamasını umuyordum. *Lewis ve Clark*'ın yolculuğundaki gibi zorluklarla baş etmeyi öğrenmeye ihtiyacımız olduğunu söyleyip şakalaşarak matarama su doldurdum.

Yolculuğumuz bizi, tahtaların çiftlikte yeniden kullanıma hazır hale getirildiği yere getirmişti. Çitler fidanları, çalıları ve tüm bu kalabalığı bir arada tutmak için elinden geleni yapıyordu. Ama biz, ormanın el koyduğu birkaç yer keşfetmiştik.

Büyükbabamların işitme menzilinden uzakta olduğumuzdan emin olduğumda, Taylor'a onların evlerinde kalmaktan ne kadar memnun olduğumu söylemeye karar verdim. "Sizinkiler gerçekten çok iyiler. Keşke sizinle yaşasaydım…"

"Ciddi misin?" Taylor şaşırmış görünüyordu.

"Dürüst olmak gerekirse, ben de sizinle yaşamayı tercih ederdim. Büyükannen gördüğüm en iyi aşçı, büyükbaban da müthiş komik biri. Geçen gün senin dışarıdaki angarya işlerinden birini tamamlamanı beklerken o ve ben, birlikte iskambil oynayıp epey keyifli vakit geçirdik. Öyle olmasına rağmen tuhaftı ama. Çünkü büyükannen sürekli mutfaktan büyükbabana bağırıyordu."

Şoke olmuştum. Büyükbabamla geçen seneki yılbaşından beri iskambil oynamamıştım. Ben oynamadığım için Taylor'ın da oynamasını istememiştim. "Taylor, o hile yapar." Dudağımı bükmüştüm.

"Ha, biliyorum," diye yanıtladı Taylor tepkisizce. Benim kolayca aldatılmış olduğumu söylermiş gibi. "Olayı mükemmel kılan şey de bu ya. Şimdilerde bir sistem üzerine çalışıyor. Eğer birkaç el daha oynarsak, sistemi tamamen oturtmuş olacağını, sonra da bana öğreteceğini söyledi."

Taylor'ın büyükbabamla iskambil oynuyor oluşu beni gerçekten delirtmişti. Taylor'a sinirlenmiyordum; tüm öfkem büyükbabama karşıydı. Taylor, *benim* arkadaşımdı ve büyükbabamın onunla konuşmasından hiç hoşlanmamıştım. Yeni bir taktik daha denemiştim. "Evet," dedim. "Başta oldukça komik görünür ama tanıdıkça o kadar da muhteşem olmadığını anlarsın. Bir süre sonra esprileri bayatlar. Ama senin ailen *her zaman* muhteşem. Sizinkiler ne yapmak istersen izin veriyorlar. İstediğin televizyon programını izleyebiliyorsun. Hatta baban bana, sizin çok yakında Betamax alıp bütün programları kaydederek tekrar tekrar izleyebileceğinizi bile söylemişti. Derdin ne senin Taylor? Baban kötü biri değil? Siz... zengin insanlarsınız. Bunların hepsine sahip olabilirsiniz."

"Bazı şeyler, her zaman göründüğü gibi değildir Eddie" Neredeyse kendi kendine konuşuyormuşçasına mırıldandı Taylor. Omzunu silkip birkaç adım öteye yürüdü, artık bu konuyu konuşmak istemediğini belli eden bir tavrı vardı.

Odun alanının köşesindeki bir ağaç, içinde oturup öğle yemeği yiyebileceğimiz kadar büyük bir çukur açarak çitlerin önüne düşmüştü. Ayrıca orası çitlerin arasında olup çiftlikte olduğumuzu hatırlatacak, diğer delilleri göremeyeceğimiz tek yerdi. Büyükbabamın bunu planlamış olup olmadığını bilmiyordum ama zorlu yaya yürüyüşümüz gittikçe en iyi maceramız haline dönüşüyordu.

"Of..." dedi Taylor.

"Ne oldu?"

"Babam beni öldürecek. Saat üçe doğru evde olmam gerekiyordu fakat saat üçü geçiyor."

"Unuttuğunu söylersin. Doğru da zaten, öyle değil mi? Benimle yürüyüşü tamamla, akşam yemeğine kal, sonra da hiçbir şey olmamış gibi evine dön. Hadi ama, büyükbabamın sistemini ben zaten biliyorum. Onunla iskambil oynamana gerek yok, ben sana öğretirim," diye yalan söyledim.

"Olmaz. Bir iki önemli ailevi konu için teyzemin evine gideceğiz. Ne olduğunu bile tam bilmiyorum ama bizimkiler büyük bir hazırlık içindeler. Onları atlatacak olursam beni öldürürler."

Bir an için, Taylor'ın ailesinin onu gözleri kapalı halde şekilde duvarın önünde eski moda bir tüfekle öylece ayakta tuttuğunu canlandırdım gözümde.

"Son dileğin nedir?" Kornişon turşusunu silah gibi ona doğru tutarak şaka yaptım.

"Çok komiksin. Bunları ciddi ciddi söylüyor olamazsın değil mi? Zaten olmamalısın da."

"Nasıl? Neden bahsediyorsun sen?"

"Boş ver Eddie. Büyükbaban, eğer bugün çit işini bitirirsek yarın birkaç getir götür işine daha gidebileceğimizi söylemişti. Ona bitirdiğimizi söyleyelim."

Ayağa kalktı, pantolonundaki kırıntıları silkeledi ve incelemiş olduğumuz çitlere doğru yürüdü.

Ona yetişmek için fırladım ve çiftliğe doğru çitlere yarım yamalak göz atarak beraberce koştuk. Bir filin içinden geçebileceği kadar büyük delikleri görmezden gelmiş olabilirdik, ama ben yine de hasretini çektiğim anları yeterince tatmıştım.

Çitin ön yüzü sağlam metal direklere bağlıydı. Taylor çitin üzerinden atlayarak, "Sonra görüşürüz," dedi arkasına bakmadan. Gerçekten ailesinden korkuyordu. Yol boyunca koşuşunu izledim, sonra ön kapıda bir şeyler olduğunu gördüm.

173

Yan çiftlikteki yıkık dökük ahırla eski ev arasında bir ağıl vardı. Ağıl, yoldan görünmüyordu. Aslında, etrafı boyu aşan çalılarla öylesine kaplanmıştı ki önümdeki hasat edilmemiş mahsuller bile çalılıklardaki boşluklar arasından görünebiliyordu sadece. Neler olduğunu görebilmek için Taylor'ın üzerinden atladığı çitten çok uzakta olmayan bir çitten atladım. İzlemek istediğim sürece o tarlada gizlenebileceğimden oldukça emindim.

Daha önce görmüş olduğum yaşlı adam, sırtını huzursuz atına çevirmiş, ağılın ortasında öylece duruyordu. Üstü başı lekeli olsa da yüzünden biraz daha temiz sayılırdı.

"Şşşş, tatlım, her şey yolunda. Gel ve bu elmayı ye." Kolları iki yana açılmıştı ve avucunda yarım bir elma tutuyordu. "Hadi, hadi, hadi," diyordu her seferinde biraz daha sessizce. Kısrak homurdandı ve yabancıya doğru sakince giderken başını geriye doğru silkti. Adamın elindeki elmayı hızlıca ama nazikçe kaptı. Adam etrafına bakmadan elini kirli, ekoseli cebine yavaşça soktu ve içinden yeni bir dilim daha çıkardı. "Bir tane daha ister misin tatlım?" dedi, onunla en son karşılaştığım zamanı hatırlatan ses tonuyla. Kısrak onu da aldı; bu kez huzursuzlanmamıştı.

Adam kısrağa yüzünü dönmek için etrafına bakınırken, tarlanın içine, dosdoğru bana baktı ve gözleri, orada olduğunu biliyorum dercesine bir süre öylece kaldı. Atın yüzüne hevesle bakarken cebinden bir parça elma daha çıkardı. Bir elinde elmayı tutuyor diğer eliyle ise kısrağın başını yavaşça okşuyordu. "Şimdi arkadaşız, değil mi, canım, korkacak hiçbir şey yok. Kimse sana zarar vermeyecek."

Gerçekten de at, onunla aynı fikirdeymiş gibi başını sallamıştı.

"Eddie," dedi adam arkasını dönmeden. "Dışarı çık ve yeni arkadaşıma merhaba de."

Çalıların arasından çıkıp bir iki adım attım, sonra çömeldiğim yerdeki gölgeme baktım. Orada olduğumu nasıl görmüş olduğunu tahmin etmek bir hayli güçtü. Ağıla uzanan dört merdiveni geçip en üsttekine oturdum. Adam bana doğru geldi ve önümde durdu. "Sanırım resmen tanışmadık," dedi. "Benim adım, Russell."

Fakat ben adamın pis görüntüsüne takılmıştım. Sakalları uzaktan göründüğü kadar kır değildi. Aksine doğal hali beyazdı ama yer yer kirli kahve ve sarı saçlarla kaplıymış gibi görünüyordu. Eğer insanoğlu mürekkep balığına benzetilmeye çalışılsaydı; Russell benzerdi. Gülümsedi, kovboy şapkasını çıkardı ve kirlenmiş mendiliyle ter içindeki pis yüzünü sildi.

"Russell ne?" Büyükannemlerin soyadını bilmek isteyeceklerinden emindim.

"Sadece Russell."

"Ah…" Bir iki dakika öylece kalakaldım ve kısrağa dönüp baktım.

"At beslemenin bu kadar kolay olduğunu bilmezdim."

Sürekli dönüp durmayan, ileri geri kımıldamayan bir ata daha önce hiç bu kadar yaklaşmamıştım.

Russel gülümsedi. "Bu kısrağa yardım etmeyi deneyen üçüncü kişiyim aslında ben. Nedendir bilmem, herkesin uğraşmayı bıraktığı atlara yardım ederken bulurum kendimi."

Atlar hakkında gizemli gizemli konuşan bir yabancı olarak, Russell, muhtemelen olduğumdan daha temkinli davranmamı sağlamıştı. Açıklaması güç ama kendimi daha güvenli ve rahat hissettiren bir samimiyet kurmuştu. Dünyadaki tüm çiftliklerin kiri üzerinde gibiydi -yine de çok temiz ve huzurluymuş gibi davranıyordu. Russell ile konuşmak, hayatım boyunca tanıdığım biriyle konuşmak gibi bir şeydi.

"Yani sen, sadece bir elma verdin ona, öyle mi?" diye sordum.

"Hayır, Eddie. Ben sadece onu sevdiğimi göstermeye çalıştım. Atlara arada sırada bunu hatırlatmak gerekir. Bu yaşlı dişinin başından pek çok şey geçmişti, sonra herkes ondan vazgeçmişti. Yenilmiş ve terk edilmişti. Ona yanılmış olduğunu görmesi için yardım ediyordum sadece."

"Bunu nasıl yapıyorsun peki?"

"Şey, belki bu kulağa biraz komik geliyor ama ona kim olduğunu hatırlatmaya çalışıyorum. Bu atlar, doğumlarıyla birlikte sahip oldukları içgüdülerini günden güne unutmaya eğilimlidir. Herkes sevildiğini hissetmek ister ama sadece yalnızlık hissettiğinde başka bir şeyle bunu tamamlamak çok daha zordur."

Adam beni giderek daha da çok şaşırtıyordu. "Bir at, yalnızlığı hissedebilir mi ki?"

"Tabii ki hissedebilir. Aslında atlar, bize sandığından daha fazla benzer. Ne yapmaları gerektiğini bilerek doğarlar ama kim olduklarını ya da kim olmaları gerektiğini bilmezler. Bahse girerim senin için de böyledir, Eddie. Muhtemelen insanlar her zaman sana büyüdüğünde ne olacağını soruyorlardır, ama bu yanlış bir sorudur aslında değil mi? Bu, aslında atın iyi, nazik, cömert ve sadık olduğunu söylemek yerine bir beygir olduğunu söylemek gibi bir şey. İnsanların sorması gereken asıl soru: *Büyüdüğünde kim olmak istiyorsun?*'dur."

Hâlâ anlamamıştım. "Kim olmak istiyorum? Joe Namath ya da Evel Knievel gibi mi demek istiyorsun?"

"Hayır, tam olarak öyle değil," diye gülümsedi

177

Russell. Sesinde, söylemeye çalıştığı şeyi anlamadığım halde hiçbir kızgınlık yoktu.

"Yani kim olmak istersin? Nasıl bir insan olmak istersin?"

"Buradan uzakta yaşamak ve zengin biri olmak istiyorum. New York gibi bir yerde kocaman bir evim olacak. Lüks bir araba, yeni bir televizyon ve istediğim her şeyi alacağım."

"Vaay!" dedi Russell ata doğru dönerken. "Her şeyi hesaplamış gibisin."

"Evet öyle! Sadece buradan ve beni engellemeye çalışan kişilerden uzaklaşmam gerekiyor."

178

Russell bir dakika duraksadı ve kısrağın başını okşadı. "Bunların hepsini hesapladıysan kim olduğunu biliyorsun demektir."

"Sana söyledim zaten. Eddie'yim ben," dedim, Russell'ın sabrına karşın, sabırlı olmadığımı göstererek.

"Hayır, demek istediğim bu değil. Eminim bunu sen zaten biliyorsun." Russell egoma dokunmuştu. "Ama çoğu insan senin gibi değil. Çoğu insan ne yapacağını, nerede yaşayacağını, hatta yarının ne getireceğini bile bilmez. Onlar sadece 'mutlu olmak' için sonraki adımlarını, işlerini ya da günlerini bekleyerek hareket eder. Ama senin gibi insanlar istediklerini el-

de eder. Bunun nedeni böyle harika bir plan yapabil-
meleridir."

Neden bana bu kadar çok iltifat ettiğini pek anla-
mamıştım. Ama hoşuma gitmişti. "Elbette! Her bir ay-
rıntıyı planladım."

"Aferin sana. Bilirsin, insanlar mutlu olmak konu-
sunda cimridirler Eddie, bazen, eğer sen kendini başka
biri gibi gösterirsen mutlu olman çok daha zor olur."

Şimdi neden bahsettiğini anlamaya başlamıştım.
"Evet, büyükbabam aynen böyle biri. Büyükbabam
aslında kendine ait hiçbir şeyi olmadığını bilmesine
rağmen mutlu olduğuna kendini inandırmaya çalışan
bir adam."

"Gerçekten mi?" dedi Russell. Çok merak etmiş
gibi görünüyordu.

"Evet. Onun hep harika ve eğlenceli olduğunu
düşünürdüm, ama şimdi tam olarak kim olduğunu
biliyorum; kendini başarılı sanan yaşlı bir adam. Çift-
liklerle ve basit insanlarla dolu olan bu kasabada asla
mutluluğu bulamayacağını anlamayan biri. Aptal, kü-
çük kiraz çiftliğinden daha fazlasına sahip olabilir. Dı-
şarıda koca bir dünya var ve o... Bir parça ölü har-
manla, kötü hatıralarla ve çağdışı yöntemlerle buraya
hapsolmuş durumda."

Russell'ın tam olarak neden bahsettiğimi anlarmış gibi beni dinlediğini söyleyebilirdim. Onunla büyükbabamların asla anlayamayacakları şeyleri paylaşıyor ya da ona ne kadar çok şey bildiğimi zekice gösteriyor gibi hissetmiştim kendimi. Russell gibi birinin olayı kavrayabileceğine inanamıyordum ama anlamıştı işte.

"Evlat, bunları duyduğuma üzüldüm." Russell anlayışlı bir şekilde cevapladı beni. "Senin gibi ne istediğini bilen, elde edebilen birinden azıcık bir şey bile öğrenememeleri çok kötü. Ve biliyorsun, sen her zaman başaracaksın. Çünkü sen 'kimin' seni mutluluğa götüreceğini biliyorsun. Bundan sonra, 'ne'ler de 'nereler' de yerine oturur. Büyükbabanlar bunu çözebilmiş olsalardı, senin kadar mutlu olabilirlerdi. Belki onlar da senin kadar başarılı olabilirlerdi."

Russell bir an durdu, sonra yeniden ata yöneldi.

"Tabii ki bu yaşlı kısrak sevildiğini hatırlar hatırlamaz her şeyi çözecek."

Atı görmezden gelerek ve durumu netleştirmeye çalışarak itiraz ettim. "Ben çok mutluyum! Ayrıca büyükannemler de bana her zaman beni ne kadar çok sevdiklerini söylüyorlar."

"Bundan hiç kuşkum yok. Senden bahsettiğimizi sanmıyorum."

"Bahsetmiyorduk zaten. Ben sadece belirtme gereği duydum."

"Ah, tabii. Eddie, sen zeki bir çocuğa benziyorsun, bir konuda senin de fikrini almak istiyorum."

Soğuk bir şekilde, "Tamam," demiştim ama Russel'ın benim hakkımda böyle düşünmesi de beni içten içe mutlu etmişti.

"Hımm, bu at için çok yol denedim, ama hâlâ güvenini kazanamıyorum." Cebinden bir dilim elma çıkardı ve kısrağın burnuna doğru götürdü. Kısrak kafasını şiddetle geriye çekti. Russell elma dilimini sıkıca tuttu ve at dikkatlice kafasını ileriye götürüp dişleriyle elmayı yakaladı.

"Onun zorluklar çektiğini sana söylemiştim..." dedi Russell. "Ama aslında bundan daha fazlası var."

"Doğduğunda sahipleri bu atı bir çiftlikte bir grup atla birlikte beslemiş. Sonra çiftlik satılmış ve yeni sahipleri ona pek iyi davranmamış."

Russell benimle yüz yüze gelebilmek için arkasını dönmüştü.

Neredeyse büyükbabam kadar iyi bir hikâye anlatıcısıydı. "Hayvanlara bakması için birini tuttular, ama o da onları beslemek ya da tımar etmekten çok küfür etmekle meşgul olan orta yaşlarda biriydi."

Uysal bir ata kötü davranıldığını gözümde canlandırdım. Bu beni çok sinirlendirdi. Ona yardım etmek istedim.

Russell "Her neyse..." diye devam etti, "Bir gün yaşlıca bir at hastalandı. Bekçi onu iyileştireceği yerde tüfeğini kaptı ve atı öldürdü -oracıkta, bu zavallı kısrağın gözü önünde. Gözlerinin önünde arkadaşının sebepsiz yere öldürüldüğünü hayal et."

Yanıp sönen parlak ışıklar ve yüksek siren sesleri beynime doluşmuştu. Babam hastane yatağında güçsüz ve hasta. Annem direksiyonun arkasında yorgun ve sinirli.

"Birkaç ay önce, kötü bir fırtına ağılın çitlerinin bir bölümünü devirmişti. Atların içgüdüleri yönetimi ele geçirmiş ve hepsi birden kurtulmak için yıkılan çitlerden hızla kaçmışlardı. İşte tam olarak o zaman bu kısrağı ormanda yalnız başına gezinirken buldum."

Geriye doğru dönüp kısrağa daha büyük bir ilgiyle bakmıştım.

"Onu satın almak istedim ve bunun için bekçiyi görmeye gittim. Reddedemeyeceği bir teklifte bulundum ve o zamandan beri bu atı sağlığına kavuşturmaya çalışıyorum."

Russell ata doğru döndü ve bir dilim elma daha çıkardı. "Maalesef başka bir canlıya asla güvenmeyecek kadar kötü bir deneyim yaşamış." Kısrak ürkerek yine geri çekildi. "Ona her gün sevgi gösteriyorum ama sanırım yine de kafasında, korkuyla sevgiyi eşleştiriyor. Evet Eddie, sanıyorum senin tavsiyelerini kullanabilirim. Herkesin onu incitmek istemediğini nasıl hissettirebilirim?"

Hikâyeye öyle çok dalmıştım ki Russel'ın benim yardımımı istediğini unutmuştum. Akıllıca bir şeyler söylemek için düşünmeye çalıştım. "Hımm, bilmiyorum. Sanırım sadece yaptığın şeye devam etmek zorundasın. Eminim er geç senin onun arkadaşı olduğunu ve olanların kendi suçu olmadığını görecek."

Daha fazla önerim olmadığı için utanmıştım ama Russell görünüşe göre cevabımından hoşlanmıştı. Yüzü birden neşeyle aydınladı, "Biliyor musun Eddie, sen kesinlikle haklısın. Buna devam etmeliyim. Teşekkürler," dedi.

İçten içe kendimi mutlu hissetsem de şansımı daha fazla zorlamak istemiyordum. "Hımm, ailem beni bekliyor," dedim çitten atlayıp, çabucak oradan uzaklaşırken.

"Yine uğra Eddie," dedi Russell.

Bunu benim de istediğimi ona söylemek zorunda değildim.

O gece Johnny Carson'ı seyretmek için alt kata indim. Oturma odasından içeri girdim; televizyonun titrek yeşilimsi ışığı etrafı aydınlatıyordu. Büyükbabam ekranın tam dibinde sehpanın üstüne oturmuştu. "Büyükbaba?"

"Şşşş…" dedi parmağını dudağına götürerek. Sonra bana yeterince yer ayıracak kadar yana kaydı.

Yanına oturdum ve birlikte sessizce televizyon izledik -gülmemeye çalışıyor, bir yandan da büyükannemin bizi yakalamasından endişe ediyordum. Benim sıska kollarıma karşın, büyükbabamın kolları var diye düşündüm. El Dorado'nun gösterimi çok uzun zaman önce birlikte paylaştığımız o sıcacık hissi hatırlatmıştı bana. Büyükbabam bunu bilmiyordu, ama ben yine de son bir sene içinde başımdan geçenleri kafamda canlandırarak televizyon izlemeye devam ediyordum.

Geriye dönmek istedim, ama nasıl döneceğimi bilmiyordum. Orada öylece oturup kalmıştım.

On Bir

187

Ertesi sabah, kahvaltı ederken büyükbabam neşe içinde, "Bugün yardıma ihtiyacım var," dedi. Kahvaltımızı bitirip sofrayı topladıktan sonra beni küçük ambara götürdü. Ambarın sol tarafı temizlenmiş, büyükannemin el işi malzemelerinin konulduğu bir depoya dönüştürülmüştü. Büyükannem sürekli ya nakış işler ya dikiş diker ya da örgü örerdi. Hatta şu an kaldığım oda, daha önce büyükannemin dikiş odasıymış; ben buraya taşınırken büyükbabam her şeyi bu ambara yığmış.

Ambarın sağ tarafı hâlâ büyükbabama aitti. Düzen ve dağınıklık ortada bir duvar varmış gibi ambarı ikiye bölmüştü. Beni ambarın en uzak köşesine götürdü, sonra küçük tahta parçaları ve talaş gibi görünen yığının üzerindeki eski çarşafı kaldırdı.

"Ne yapıyoruz büyükbaba?" diye sordum.

"Büyükannene Noel hediyesi yapıyoruz," diyerek cevapladı. Ardından, "Tabii ki bu bir *sır*!" diye ekledi uyarırcasına.

Tamamen unutmuştum; Noel'e sadece bir ay kalmıştı. Umulmadık derecede sıcak geçen kış yüzünden Noel'i unuttuğuma inanamıyordum. Küçükken büyükbabamları, bahçelerine bizimkinden daha fazla kar yağıyor diye kıskanırdım. Bizden çok da uzakta oturmamalarına rağmen hava durumu haritasındaki kar ve yağmur işaretleri bizle onların arasında gider gelir gibiydi. Sel baskınlarına sebep olan yağmur fırtınaları bizde, kulübelerini baştan aşağı kara gömecek kar yağışı onlarda.

Zaman zaman, okullar kar tatili olsun diye koşup onlardan kar getirmeyi hayal ederdim. Büyükbabamın erken kalkıp ön verandayı temizlediğini, sonra da birlikte bütün gün sıcak çikolata içtiğimizi gözümde canlandırırdım. Büyükbabamın ayakkabılarıma

188

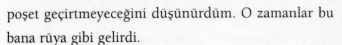

poşet geçirtmeyeceğini düşünürdüm. O zamanlar bu bana rüya gibi gelirdi.

İşte şimdi hayal ettiğim *rüyayı* yaşıyorum. Poşet yok ama kar da yok! Tüm sene bir santim bile kar olmadı. Taylor'ın sesi zihnimde dans ediyor: *Hiçbir şey göründüğü gibi değildir.*

Büyükbabam elime zımpara kâğıtlarını tutuşturdu, sonra da bana tezgâhın üzerinde ve yerde bulunan dikkatlice kesilmiş kütükleri gösterdi. "Bunların nehir kenarındaki taşlar gibi pürüzsüz olması gerekiyor. Kalın zımpara kâğıdıyla başla ve sırasıyla ince siyaha kadar zımparala. Benim kesmem gereken birkaç parça daha var."

189

Bu yapmak isteyeceğim en son şeydi. Bu zımparalama işinden kurtulabileceğimi düşünerek "Ne yapıyoruz?" diye sordum.

Muhtemelen niye sorduğumu bildiği için büyükbabam, "Söylemezsem çok daha eğlenceli olacağını düşünüyorum," diye cevapladı beni. "Belki parçaları bir araya getirmeye başlayınca ne yaptığımızı tahmin edebilirsin."

"Bunun yerine niçin gidip ona bir şeyler satın almıyorsun?" diye önerdim. "Eminim büyükannem de yeni bir şeyleri tercih edecektir."

Büyükbabam daha önce hiç görmemiş gibi bana baktı. "Hayır etmez! Ayrıca başkalarını mutlu etmek için uğraş vermek insanı mutlu eden bir şey." Bunlar annemin sözleriydi. Şimdi ise büyükbabamdan duyuyordum.

Beni taburede tek başıma bıraktı. Ellerime kramp girene kadar zımparaladım. Hiçbir zaman marangoz olamayacağım çok açıktı. Ambarın diğer köşesinden gelen seslere bakılırsa büyükbabam çok meşguldü, yani gelip beni kontrol edemezdi. Ben de çalışmayı bıraktım ve ambarı keşfetmeye başladım. Taylor'la birkaç kez burada zaman geçirmiştik. Fakat büyükbabamın bunu öğrenmesinden hep korktum. Burası girmeme izin verilmeyen bir yerdi.

Düzenli tarafa geçtim. Büyükannemin eşyalarına göz atmaya başladım. Duvar boyunca saksılarda kurumuş çiçekler ve müzeyi andıran dikiş makineleri vardı. Ayak pedalıyla deri kayışı döndüren büyük metal tekerlekli Singer dikiş makinesi de oradaydı. Makinenin nasıl çalıştığını anlamaya çalışırken atölyenin sessizleştiğini fark etmemiştim.

Eski dikiş makinesinin yanında büyükbabamın elinden çıktığı belli olan raflarda kumaş topları ve tamamlanmamış nakışlarla, pijama ve gömleklik ku-

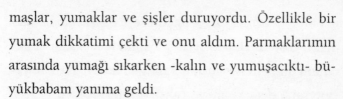

maşlar, yumaklar ve şişler duruyordu. Özellikle bir yumak dikkatimi çekti ve onu aldım. Parmaklarımın arasında yumağı sıkarken -kalın ve yumuşacıktı- büyükbabam yanıma geldi.

"Bazıları annenin. Örmeye sekiz yaşında başlamıştı. Şişler neredeyse kolu boyundaydı."

O konuşurken annemin her gece oturup bana o kırmızı kazağı örüşü gözümün önüne geldi. Boş gözlerle büyükbabama baktım.

"Zımparalama işinde çok iyi değilim."

"Olsun Eddie, benim de iyi olmadığım bazı konular var. Mesela çocuk büyütme konusu. Annenle hep büyükannen ilgilenmişti. Sen doğduğunda torun sahibi olmanın eğlenceli ve kolay olacağını düşünmüştüm. Haklıydım... En azından bir süreliğine."

Balık yakalama, dondurma külâhları ve hileli iskambil oyunlarıyla ilgili anılar hafızamda canlandı. Bu eğlenceli şeyleri yapmayalı epey zaman olmuştu.

Şimdi ise her şey çok farklıydı.

Büyükbabam söyleyeceklerini düşünmek için biraz ara verdikten sonra tekrar konuşmaya başladığında sesi daha kısık ve titrek çıkıyordu.

"Evlat, sen ve ben birbirimize çok benziyoruz. İkimiz de inatçıyız. Her zaman insanlara ne kadar ha-

191

talı olduklarını söylüyor ve kimseye ihtiyacımız olmadığını göstermek istiyoruz. Bu konuda ne kadar yanıldığımı bilmeni istiyorum. Yaptığım hatayı görmek yerine sana ders vermeye çalışıyordum. Annen o gece araba kullanamayacak kadar yorgundu. Hata yaptım ve bundan ölene dek pişmanlık duyacağım."

Elimdeki yumağı fırlatıp atmak ve büyükbabamın boynuna sarılmak istedim. Olanlardan ötürü ne kadar üzgün olduğumu söylemek istedim. Russel'ın söylediklerini düşündüm. Büyükbabam gerçekten *kim* olduğunu biliyor muydu? Gerçekten mutlu muydu? Benim yalnızlığımı ve terk edilmişliğimi anlayabilir miydi?

Ben bir şey söyleyemeden büyükbabam konuşmasına devam etmeye başladı. "Bazen güçlü yanımız zaaflarımızdır. Bazen güçlü olabilmek için önce zayıf olmak gerekir. Yaşadığın zorlukları paylaşmalısın. Kendinle ve problemlerinle yüzleşirken başkalarına yaslanmalısın. Bunu yapmak güçtür. Fakat aile, yaşanan tüm sıkıntılardan korunmak için bir sığınaktır."

Ellerimin arasında sıkıca tuttuğum yumağın aniden canlandığını hissettim. Annem kazağımı örmeyi bitiriyor ve son ilmeği dişleriyle koparıyordu. Bundan çok gurur duyuyor olmalıydı. Sonra annemin yeni bir

192

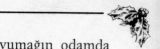

kazağa başlamak için aldığı yeni yumağın odamda yerde yuvarlandığını gördüm. Bu düşünceler kendimi kötü hissetmeme sebep oldu. Büyükbabama itiraz dolu bakışlarla bir kez daha baktım.

Bir kez daha onu tersledim.

"Ben yardım istemiyorum!" diye bağırdım. "Sevdiğim herkes gidiyor. Bunun bir daha olmasına izin vermeyeceğim. *Kimseye* ihtiyacım yok. Kim olduğumu biliyorum. Ben sen değilim ve hiçbir zaman da senin gibi olmayacağım. Ben zengin olacağım. Sevdiğim kadına ucuz bir hediye *yapmak* zorunda kalmayacağım. Ona gerçek hediyeler alacağım. Çocuklarım istedikleri her şeye sahip olacaklar."

Elimdeki yumağı sanki bana saldıracak bir yılanmış gibi yere fırlattım. Büyükbabam karşıma geçip omuzlarımdan tuttu. Bu mücadelenin işe yaramayacağını biliyordum. Becerebildiğim kadar direnerek bakışlarımı ondan kaçırıp göğsüne diktim.

"Bana bak!" Kafamı oynatmadan sadece gözlerimi yukarı doğru çevirdim. "Her şeyden önce seni seviyorum Eddie. Ayrıca büyükannen de ben de hiçbir yere gitmiyoruz."

İlk cümlesini duymayıp, "Buna söz veremezsin!" diye karşı çıktım. Konuşmamı kesmesine izin verme-

193

den sözlerime devam ettim. "Bundan emin olamazsın!"

"Haklısın, emin olamam. Ama hayatının geri kalanını sürekli korku, suçluluk ve kızgınlıkla geçiremezsin. İster inan ister inanma ama hayat her zaman anlayamayacağımız ve her zaman memnun olamayacağımız bir sürü olayla dolu. Annenin başına gelenler senin hatan değildi. Benim de! Bir kazaydı... Sadece aptal bir kaza!"

Kontrolümü kaybetmek üzereydim. İçimde biriktirdiğim tüm acılar, tüm dertler ve tüm anılar bir an önce dışarı taşmak istiyor gibiydi. Büyükbabam devam etti. "Eddie, bence ne *istediğin* ve neye *ihtiyacın olduğu* konusunda küçük bir karmaşa yaşıyorsun. Her zaman istediğimiz şeylere sahip olamayız. Ve senin son zamanlarda istediğin şeyler kesinlikle ihtiyacın olmayan şeyler."

194

Karışık duygularım kızgınlığa dönüşmüştü. Aklıma gelen en acı verici sözleri söyledim. "Yani bir anne ve babaya *ihtiyacım yok*, öyle mi?"

Büyükbabamı bana yeniden saldıramayacağı şekilde tuzağa düşürmeye çalışıyordum. Konuşmayı bir an önce bitirmek ikimiz için de en iyisi olacaktı. Fakat büyükbabam oyunu karşısındakine vermeye pek de niyetli değildi. "Eddie, başımıza gelenlere engel olamasak da onlara nasıl tepki vereceğimizi kontrol edebiliriz. Hepimiz mutlu olmayı *hak ediyoruz*. Mutlu değilsen bu ne Tanrı'nın ne benim ne de bir başkasının hatasıdır. Bu senin hatandır."

Bu sözler içimi yaktı. İçimdeki buzları eritmeden önce bundan kurtulmalıydım. "Sen sadece Tanrı ve kendin için bir bahane bulmaya çalışıyorsun. Mutlu olmayışımın sebebi *ben* miyim gerçekten? Annem eve yiyecek bir lokma bile alamazken Tanrı neredeydi? Verebileceği tek hediye olan kazağımı örmek için harcarken *sen* neredeydin? Hani aile bir sığınaktı?"

"Sen hiçbir şey bilmiyorsun evlat!"

Bir yumak gibi dağıldım.

"Hayır! Haklı olduğumu sen de biliyorsun!" Büyükbabamın içinde beklenmedik bir şeylerin değiştiğini hissettim. Korku mu yoksa suçluluk mu, bundan tam olarak emin değildim. Ama konuşmanın artık bu noktada bittiğini düşünüyordum.

Geriye doğru bir adım attı. Kendini toparlayabilmek için elini yumaklarla dolu rafa dayadı. Birkaç dakika etraflıca düşündü. Önemli bir karar vermek üzereymiş gibi görünüyordu.

195

"Herkes size yardım etmeye çalıştı Eddie. Ama annen hep reddetti. Biz zengin değiliz, sen de biliyorsun, yine de bize izin verseydi çok daha fazlasını yapabilirdik. Sana tek başına bakmak istedi. Teklif edilen yardımı sadaka olarak gördü, reddetti. Kötü durumda olduğunu kabul etmek istemiyordu. Hatalı davranıyordu ve inatçı bir kadındı."

Çocukluğum boyunca okula giderken ayakkabılarımın üzerine poşet geçirmek zorunda kalmış biri olmama rağmen anne babamın gerçekten ne durumda olduklarına dair hiçbir fikrim yoktu. Annemin ölümüyle parçaları birleştirmeye başlamıştım.

"Sana bir şey göstermeme izin ver." Büyükbabam dikiş makineleriyle raflar arasından zorlukla geçip ambarın kendine ait kısmına ilerledi. Onu izledim. Yeşil çadır bezinin önünde durduk. Etraf kamp yeri gibi kokuyordu. Büyükbabam bana yeniden baktı, yapmaya karar verdiği şeyden hâlâ emin değilmiş gibiydi. Sonsuzluk gibi gelen uzun bir süreden sonra nihayet konuştu.

"Annen bunu bilmiyordu. Hoşlanmayacaktı ve kesinlikle vermemizi istemeyecekti."

Örtüyü bir anda tutup çekti.

Yepyeni bir Huffy!

Dilim tutulmuştu. Her zaman istediğim ama hiç sahip olamadığım hediye karşımda duruyordu. Parlak kırmızı, naylon seleli, büyük, kıvrımlı, krom gidonlu bisiklet. Bakışlarım tekerleklere kilitlendi. Tekerlek tellerinin arasına her dönüşte "klik" sesi çıkaracak şekilde yirmi iskambil kâğıdı yerleştirilmişti. Bu kartların büyükbabamın en sevdiği desteden olduğunu hatırladım.

Bugün benimle kâğıt oynamak istemeyeceğine hiç şüphem yoktu.

Suçluluk duygum katlanarak arttı. Hareket edemiyordum. Düşüncelerim, hatıralarım ve duygularım aklımı karıştırıyordu.

Büyükbabam sonunda sessizliği bozdu. "Bak Eddie, bazen en çok istediğin hediye tam önünde dursa da ona sahip olabilmenin bir yolunu bulmalısın."

Konuşamıyordum. Ama yüz ifadem söyleyebileceklerimden çok daha fazlasını anlatıyordu.

Büyükbabam sözlerine devam etti. "Büyükannen hediyeleri sahiplerinin bulması için saklama huyumu bildiğinden bunu saklamamı istemedi. Bunu sana diğer hediyeleri hazırlayınca onlarla birlikte vermeyi planlamıştık. Ama sen anneni zorladın. Bu yüzden... Pekâlâ, işte bu yüzden sana bir ders vermek istedim."

197

Büyükbabamın sözleri gözlerinden akıp yanaklarından süzülen yaşlarla bölündü.

Büyükbabam ağlıyordu.

"Evlat, eğer bu bisiklet kadar basit bir hediyenin seni mutlu edeceğini bilseydim, bunu sana çok daha önce verirdim. Ama şimdi bu bisiklet bile seni mutlu edemez. Sana verebileceğim hiçbir şey artık seni mutlu etmeyecek. Sana sonsuz mutluluk verebilecek şeyleri sen kendin bulmalısın, bunların hiçbirini satın alamazsın."

Büyükbabamın söylediklerini duyuyordum, ama büyülenmiş bir halde Huffy'ye bakıyordum.

Gözlerimi bisikletten alamıyor, kaybettiğim tüm güzel şeyler gibi onun da birden yok olacağını düşünüyordum.

"Bak Eddie, yalnız değilsin ve hiçbir zaman olmadın. Biz ne seni ne de anneni terk ettik; terk etmeyeceğiz de!"

Konuşmak istiyor ama ağzımı açamıyordum. Hiçbir şeyin sandığım gibi olmadığını anlamıştım ama bununla yüzleşmeye hazır değildim.

Büyükbabam, "Benim de bazı *keşkelerim* var. Keşke sana sadece hediyeleri sakladığım yerden nasıl bulabileceğini öğretseydim, keşke senin hediyeni nasıl

198

bulabileceğini düşünüp durmasaydım, keşke sana ders vermeye kalkmasaydım, keşke sana bisikleti öylece verseydim, keşke bu kadar inatçı olmasaydım," dedi.

Bakışlarımı yavaşça bisikletten ayırıp büyükbabama çevirdim. Gözleri kızarmıştı; yaşlı ve yorgun görünüyordu. Büyükbabamın daha önce yaşadığım, zihnimi kurcalayan karmaşık duygulara kapıldığını hissettim. Kollarına atlamamı bekliyordu, bunu biliyordum. Ama ben kalan tüm gücümü de toplayarak onu ittim.

Her zaman birilerine güvendim ve karşılığında hep incindim. Her zaman her şeyin yoluna gireceğini düşündüm ama karşılığında hep yanıldım. Bunun *tekrarlanmasına* artık izin vermeyeceğim. Onlar beni terk etmeden ben onlardan kurtulacağım.

Kendimi toplayıp büyükbabamın gözlerinin içine baktım. "Daha önce bana Tanrı ve mutluluk hakkında vaaz vermiştin, fakat kendine bir bak; sen de mutlu değilsin. Geçen sene herkesi kandırdın ama beni kandıramadın. Ben senin içini görüyorum." Suçluluğum ve kızgınlığım dinmek bilmiyordu ve bunu kesinlikle kimseyle paylaşmamaya kararlıydım.

Büyükbabam afallamıştı. Son vuruşumu yaptım. "Annem… *Sen* o gece gitmemize izin vermeseydin ölmeyecekti!"

Büyükbabam suskundu. İncindiğini hissettim, bu beni daha da güçlendirdi. "İstediğin kadar kiliseye git! Fakat oradaki hiç kimse gerçekten mutlu değil. Bu yüzden bana vaaz vermeye bir son ver. İsa'nın beni sevdiğinden, Tanrı'nın bizimle olduğundan ve bizim mükemmel 'küçük' bir aile olduğumuzdan –ve bunun seni ne kadar mutlu ettiğinden- bahsetme artık." Bir an için duraksadım. "Bunların hepsi yalan." Bağırmaya başlamıştım. "Neden biliyor musun? Çünkü Tanrı yok. İsa da seni sevmiyor. *Sen İsa'nın umurunda bile değilsin!*"

Sözlerim ambarın tozlu kirişlerine asılıp sallanıyormuş gibi havada yankılandı. Büyükbabamın yanaklarından bir kez daha gözyaşları akmaya başlamıştı. Öldürücü darbeyi indirdim. "Bu ailede *gerçekleri gören* tek kişi benim. Kim olduğumu biliyorum. Buralardan çok uzaklara gidip yorgun kızlarına araba kullandırmak gibi aptalca şeyler yapan insanları düşünmediğim zaman çok daha mutlu olacağım."

Yanaklarımdan süzülen kimsenin göremediği yaşlarla ambardan dışarı fırladım. Büyükbabamı bisiklet ve yüzlerce kazağa yetecek yünle içeride bir başına bırakmıştım.

Gözlerimi tavana dikmiştim. Evdeki odamın pürüzsüz beyaz tavan yağmurda sızan su yüzünden keskin çatlaklarla doluydu. Evim, ait olduğum yer... Ağlamak üzere olduğumu hissediyor, ancak ağlayamıyordum. Üzgün değildim.

Bisikleti ve onun bir zamanlar benim için ne ifade ettiğini düşündüm: Umut ve mutluluk; ölüm ve umutsuzluk. Büyükbabamın sözleri kulağımda çınladı. *Üzüntünü paylaşman gerekiyor; hepimiz mutlu olmayı hak ediyoruz...*

Bunlar kendimi iyi hissetmemi sağlayan sözler olsa da sadece lafta kalıyorlardı -içimdeki kartopu giderek daha da çok büyüyordu. Russell haklıydı -*ne* ve *nerede* sorularına *kim* seni sürükledi, artık üç ayrı cevabım vardı: Büyükbabamın çiftliği *ne* sorusunu yanıtlıyordu, geçmişim ise *kim* sorusunu. Şimdi ise herkese "nerede" olduğumu gösterme zamanı gelmişti.

Yatağımdan kalkıp dolabıma doğru ilerledim. Beş çekmeceliydi ama ben sadece dördünü kullanıyordum. Kazağım ise en alttaki çekmecede duran tek şeydi.

Dolabın hemen yanında, duvarda bir ayna asılıydı. Ancak aynada kendimle yüzleşmekten kaçındım. İçimdeki ses bana yanlış yolda ilerlediğimi, büyükannem ve büyükbabamla yeni bir başlangıç yapmam gerektiğini söylüyordu. Ama duymazlıktan geldim. İnsanları herhangi bir sebeple kandırmak kolaydı; ama ayna... Ayna benim kendi kendimi kandırmamı güçleştiriyordu.

Kazağı çekmeceden çıkarıp burnuma götürdüm; içime annemden derin bir nefes çektim. Kendimi tamamen kaybolmuş gibi hissediyordum. Eski yaşantım ve eski ben gitmişti... Annem onları da beraberinde alıp götürmüştü sanki. Pişmanlıklar beni tüketiyordu.

Ona veda etme şansım bile olmamıştı.

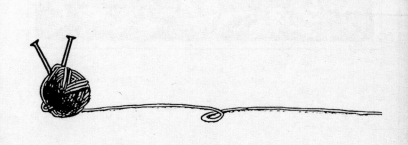

On İki

Büyükbabam, onu ambarda bıraktıktan sonra kendini toplamak için hiç vakit kaybetmemişti. Ertesi sabah kahvaltıdan sonra büyükannem bulaşıkları yıkarken büyükbabam oturma odasına peşimden geldi. Kontrollü bir ses tonuyla, "Kimi kırdığını sanıyorsun?" diye sordu. Dünkü yorgun bakışlar keskin maviliklere dönüşmüştü.

"Ben sadece buradan kurtulmak istiyorum."

"Böyle bir şey olmayacak. Bir süre daha buradasın. Sana dün dediğim gibi ben hiçbir yere gitmiyorum, sen de evlat. Ayrıca birbirimizi anlamamız gerekiyor. Pazarlık yapmak yok: Benim kurallarıma uyacaksın ve büyükannene saygılı davranacaksın. O bu dünyada tanıyabileceğin en nazik, en kibar ve en yardımsever insan. Yeterince acı çekti. Ben senin tüm bu bencilce davranışlarının üstesinden gelebilirim, ama yemin ederim ki o kadının kalbini kıracak olursan karşında beni bulursun."

Mutfağa baktım. Büyükannem arkası dönük, lavabonun önünde işine devam ediyordu. Kendimi onu üzdüğüm için suçlu hissediyordum ama bu duygu çabucak geçti.

"Sen benim yoluma çıkma ben de senin yoluna çıkmayayım," diyerek iç çektim.

"Böyle olmaz Eddie. Bana ne kadar karşı gelirsen gel seni sevmeye devam edeceğim. Böyle olmasını istemezdim. Seninle birlikte yeniden gülmeyi, dondurma almaya gitmeyi tercih ederdim. Büyükannenin bize üç saattir nerede olduğumuzu sormasını isterdim. Sana yıllardır biriktirdiğim Noel lambalarını göstermek isterdim... Tüm bunların ötesinde, senin yeniden en iyi arkadaşın olmak isterdim."

Buna inanamıyordum –bana yeniden ders vermeye çalışıyordu. "Beni bu şekilde üzmeye devam etmek istiyorsan bu senin seçimin, ama hata yapıyorsun.

Hiçbir yere gitmeyeceğim. Ben her zaman burada olacağım ve hayatına birini sokmaya karar verirsen yaşamın nasıl güzelleşeceğini göstermek için kollarımı açmış bekliyor olacağım. Fakat o ana dek seni izleyeceğim. Beni kandırma Eddie. Ben seni, senin kendini anladığından bile daha iyi anlıyorum."

"İstediğin kadar beni izle beni... Umurumda değil. Belki bu sayede bir şeyler öğrenirsin. Ayrıca burada beni anlayan sadece bir kişi var ve bu kişi de sen değilsin."

Büyükbabam şaşırmış bir şekilde birkaç saniye bana baktıktan sonra bakışlarını mutfağa çevirdi.

Öfkeli bir ses tonuyla, "Büyükannem de değil," dedim. "Russell'dan bahsediyorum."

"Russell da kim?"

"Russell... Bitişiğimizde yaşayan adam."

"Eddie, bunu yaparak nereye varmaya çalışıyorsun bilmiyorum ama şu Russell saçmalığından vazgeç artık. Johnsonlar evi sattıktan sonra oraya diğer komşularla birkaç defa gittim. Ne biri vardı ne de birinin yaşadığına dair bir işaret."

"Zannettiğin gibi herkesi tanımıyorsun... Russell orayı *aldı* ve orada yaşıyor. O benim kim olduğumu biliyor."

Büyükbabam kızgın bir şekilde bana baktı. "Artık senin kim olduğunu bilmiyorum Eddie. Orada gerçekten birini görüp görmediğini ya da kaçış planının bir parçası olarak tüm bunları uydurup uydurmadığını bilmiyorum. Şayet uyduruyorsan işe yaramıyor. Her ne olursa olsun Johnsonların çiftliğinden uzak dur. Oraya bensiz gitmeni gerektirecek bir şey yok."

"Pekâlâ," diye cevapladım umursamazca. Ancak o an büyükbabam ile ilişkimin ne kadar kötüye gittiğini anladım. Büyükbabam artık öz torununa bile inanmıyordu.

208

Her şey normale döndüğünde, büyükbabam ne derse tam tersini yapmaya başlamıştım. Ambarı geçerek Johnsonların çiftliğine yürüdüm. Kısrak dışarıdaydı. Yaklaşana dek beni izledi, sonra da kuyruğunu sallayıp burnunu çekerek beni selamladı. Daha önce asi davranan kısrak şimdi oldukça uysal davranıyordu. Tamamen değişmiş gibi görünüyordu.

Verandaya çıkan ilk basamak yoktu, bu yüzden bir sonraki basamağa çıkabilmek için sıçramak zorundaydım. Yukarı çıkınca durdum ve kapının yanındaki rengi kararmış bakırdan rüzgâr çanına kulak verdim... Rüzgâr, estikçe belli belirsiz bir ses çıkarıyordu. Arkamı dönüp eve gitsem mi, diye düşündüm. Bu konuda kararsızdım.

Hangi ev?

Boyaları dökülmüş dış kapı milyonlarca kez esnetilmiş bir yay gibi gıcırdayarak açıldı. İçeri girmeye çekindiğim için kapıyı yavaşça tıklattım. Kurumuş ufak bir boya parçası elimin üstüne düştü. Kapıyı tıklattığımı duymamışlardır diye düşünerek yeniden kapıya uzandım. İçeriden nazik bir ses duyuldu.

"Merhaba Eddie."

Korkmuştum ama hiç belli etmedim. "Merhaba Russell."

"Ben de tam mola vermiştim. Gel, biraz oturalım."

Beni uzun sararmış otların arasındaki büyük ağacın altında bulunan banka yönlendirdi —parklardaki banklardan biriydi. Üzerinde Sarı Sayfalar reklamı vardı.

Ben daha sorumu soramadan, "Açık artırmadan," dedi gülümseyerek. "Burası kafamı topladığım yer. Herkesin bir süreliğine düşünüp taşınmak için gidebileceği bir yere ihtiyacı vardır. Sessizlik önemli...

209

Çünkü ancak o zaman gerçeğin fısıltılarını duyabilirsin."

Ona nasıl bir karşılık vereceğimi bilmediğim için tek kelime etmedim.

Russell derin bir nefes aldıktan sonra, "Çok komik," diye zor duyulacak bir sesle devam etti." Birçok kişi bir şeyi derinlemesine düşünüp taşınmadan olaylara sadece yüzeysel bakmayı tercih ediyor Bence bu en kolay yol... Çünkü kişi sorunlarına yüzeysel baktığında tüm suçu karşısına çıkan ilk insana atıyor." Söylediklerinin altını çizmek istercesine sustu. "Belki de bu yüzden insan sessizlikten rahatsız oluyor. Sessizlik düşündürüyor, bu sayede problemlerinin başkaları yüzünden kaynaklanmadığını anlıyorsun."

Russell gözlerini kapadı. Bıraksam yeniden konuşana dek bu halde sessizce bir ay oturabilirdi. Sessizlik garip ve rahatsız ediciydi. "Atın kaçıp gider diye korkmuyor musun?" diye sordum. "Çitler kırık... Onu engelleyemez."

Russell gözleri kapalı, soruma nasıl bir yanıt vereceğini düşünür gibiydi. "Eğer hayvana iyi davranıyorsan kaçmaz. Onlar bize benzemez. Onlar güvenmedikleri insandan kaçarlar, bizse çoğu zaman kendimizden..."

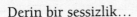

Derin bir sessizlik...

"Bu yaşlı at için gerekeni yapmış olduğumu umuyorum," diye devam etti Russell. "Bence kim olduğunu biliyor ve mutlu. Benim onun için yapabileceğim başka bir şey yok. Onunla birkaç gün daha ilgileneceğim, sonra da serbest bırakacağım."

Tasvirler... Kendi kendime düşündüm. Yakın olduğum herkes beni terk etmişti. Peki ama Russell neden hâlâ benimleydi?

Russell kafasını kaldırdı ve gözlerimin içine baktı. Aklımı okuyor gibiydi. "Senin için ne yapabilirim Eddie?"

"Hiçbir şey, sadece sana merhaba demek için gelmiştim." Yalan söylemek artık doğamın bir parçası olmuştu.

Russell kafasını çevirdi ve ayaklarının dibinden küçük bir dal parçası aldı. "Biliyorsun Eddie, bazen hayatımız çok karışır ve gün gibi ortada olan şeyleri göremeyiz. Çoğu zaman sorunlarımıza öyle takılırız ki..."

"Burnumuzun önündekileri görmekte zorlanırız," dedim araya girerek, sanki ezberlediğim sözlerdi bunlar.

"Evet, bize yakın olan şeyleri görmeyiz. Hani bir

211

söz vardır… Ağaçlara bakarsan ormanı göremezsin, çünkü ormanın tam içindesindir. Sen şu an ormanın tam içindesin Eddie, fakat bunu anlayabilmek için ağaçlara çok yakınsın. Belki de bu büyük resmi görebilmek için bir adım geri atman gerekiyordur."

Başımı sallayarak onayladım. Russell'ın beni anlayacağını biliyordum. Ne yapmayı planladığımı tam olarak anlamış gibiydi. -tüm resmi görebilmek için bu kasvetli yerden olabildiğince uzağa gitmek.

Russell devam etti. "Biliyorsun ki iki yarımız var; bir yanımız *düşünür* bir yanımız *hisseder*. İkisi birlikte çalışıp bir bütün olduklarında sonuç mükemmeldir, ancak bazen hayat bize çok sert bir darbe indirir ve biri diğerinin yerine geçer. Mesela sen babanı çok özlüyorsun, öyle değil mi Eddie?"

Babamı düşününce kendimi nasıl hissettiğimi bilmesi beni çok şaşırtmıştı. Konuşmanın nereye gideceğimi merak ederek, "Tabii ki," diye yanıtladım.

"Mesela onu defalarca *düşünmüşsündür,* fakat onunla birlikteyken onun için neler *hissettiğini* kaç kez düşündün? Şu an babanı düşündüğünde onu hastanedeki yatağında ya da cenaze töreninde, tabutun içinde görüyorsun. Sen rüyalarını kâbuslara teslim ettin."

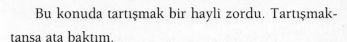

Bu konuda tartışmak bir hayli zordu. Tartışmaktansa ata baktım.

"Annen için de aynı şeyleri yaptın. Krepleri ve kahkaha dolu günleri, güzel anıları paylaşmak yerine araba kazasının sindiği kötü anıları biriktirdin. Artık çok fazla düşünmekten vazgeçip *duygularına* göre hareket etmelisin." Bir an için duraksadı. "Evet, hissettiklerin sana acı verse bile bunu *özellikle* yapmalısın."

Daha önce defalarca olduğu gibi yine istemeden annemin tabutu içinde yatışı gözümün önüne geldi. O öldüğünden beri ilk defa bunu reddettim ve ne hissettiğimi anlamaya çalıştım. Mutluluk ve sıcaklık, eğlence ve üzüntü -fakat her şeyin ötesinde onu yeniden görmeyi o kadar çok istedim ki... İlk defa onu ne kadar özlediğimi *hissettim*.

"Eddie, annenle baban sana hayatını nasıl yaşayacağını çok iyi öğretmişlerdi. Ne olursa olsun sonunda her şeyin yoluna gireceğini sana göstermişlerdi. Ama sen ne yaptın? Sen onların sana öğrettiği tüm bu dersleri futbol topu misali umursamazca bir köşeye fırlattın."

Uzaklara baktım. Russell'ın haklı olduğunu biliyordum.

"Sen içinde bulunduğun şu anı yaşamıyorsun Ed-

213

die -geçmişte yaşıyorsun. Hayat burada senin istekle-rine göre şekillenmeyi ve bir kalıba sokulmayı bekli-yor... Fakat sen bunun tam tersini yapıyorsun. Hayat seni istediği gibi şekillendirip kalıba sokuyor. Sen gerçekten *kim* olduğunu bilmiyorsun çünkü şu an hiç kimsesin. İçin bomboş."

Ne? Aşırı derecede öfkelenmiştim. Russell bana nasıl böyle bir şey söyleyebilir? Ben kesinlikle kim ol-duğumu biliyorum. Kendimle ilgili bir şeyler söyle-mek istedim, fakat Russell benimle ilgilenmiyordu. "Hangi dilde olursa olsun en baskın kelime 'Ben' dir. Bu kelime kendi içinde tüm yaratıcı gücü barındırır."

"Tanrı'ya inanmıyorum."

Russell birkaç saniye düşünceli bir şekilde durak-sadı. "Bunu duymak üzücü. Çünkü Tanrı'nın adını vererek dualar ettin. Bu, seni var eden bir gerçeklik."

Neden bahsettiğini gerçekten anlamadım. Şaşkın-lığım yüzümden anlaşılıyor olmalıydı.

"Eddie, kendine karşı ne zaman dürüst oldun bir düşün. 'Ben mutluyum; Ben güçlüyüm; Ben iyi biri-yim; Ben buna değerim'?" Ses tonu emir verircesine sertleşmişti.

Sessiz kalışım her şeyi fazlasıyla ortaya koyuyor-du.

"Zamanının çoğunu olmadığın biri haline gelmek için harcadın. Kimse seni *bu hale getiremez*; bunu sadece *sen* yapabilirsin... yaptın da. Fakat başka bir seçim şansın daha var *–kurtulabilirsin.*"

Gözümün önünde birden hatıralar belirdi.

Babam bana nasıl uçurtma uçuracağımı öğretmeye çalışıyor. Uçurtma her seferinde asfalta çakılıyor.

Denemekten vazgeçmiyorum.

Babamla arka bahçemizde futbol oynuyoruz. Topu o kadar uzağa atıyor ki yakalamak için komşumuzun avlusuna doğru koşuyorum.

"Hisset, Eddie, sadece *hisset.*" Babamla birlikte kar yağarken caddenin ortasında yürüyoruz. Sokak lambaları yüzünü aydınlatıyor.

Birden karnıma bir sancı girdiğini hissettim.

"Düşünme, evlat, sadece *hisset.*"

Babamın yüzü yeniden aydınlanıyor, fakat babam bu kez hastane odasındaki beyaz parlak ışıkların altında yatıyor. Yorgun ve umutsuz görünüyor. Koyu bir flaş çakması. Cenazesindeyim. *Tanrı, biz tekrar buluşuncaya dek seninle olsun; Melekler rehberlik edip seni göklere çıkarsın; Kolları güvenle seni kollasın; Seninle... Kavuşuncaya dek Tanrı seninle olsun.*

Ne kadar çabalarsam çabalasam da *hissedemiyor-*

dum. Düşünceler beni boğuyordu. Hatıralar… Hatıralar…

Artık mücadele edemiyordum –her şey karşı konulmaz bir şekilde bunaltıcıydı.

Gitmek istiyordum. Russell bana arkasını döndü. Kısrak kibarca elinden bir parça elma aldı. "Geleceğin o kadar parlak ki…" dedi. "Sadece buna inanman gerekiyor."

"Sanırım eve dönme vaktim geldi."

Russell arkasını bile dönmeden, "Ah, elbette, Eddie, elbette…"

Bu kez büyükbabama Russell hakkında hiçbir şey söylemedim. Bunun bir önemi yoktu. Konuşmak zorunda kalmadıkça birbirimize tek kelime etmiyorduk. Davranışlarımı son derece bencilce buluyor, bana olan güvensizliği giderek artıyordu. Bu durumda ben de on üç yaşın verdiği özrü kullanarak daha fazla saygısızlaşma ve acımasızlaşma ihtiyacı duyuyordum.

İlişkimizi normale döndürmek yerine öyle bir hale gelmiştik ki zaman giderek ağırlaşıyor, evimizin içindeki güzelliklerin her bir parçasını emiyordu.

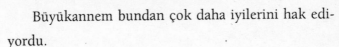

Büyükannem bundan çok daha iyilerini hak ediyordu.

Düşündüğüm kişi büyükbabam değildi; artık anlayışlı olmaya da çalışmıyordu. Belki de sadece büyümemi bekliyordu ya da elinden gelen bu kadardı —sebebi ne olursa olsun hep kayıtsız davranışımın bedelini büyükannem ödüyordu. Kuralları ihlal ederek ya da öfkemi büyükannemden çıkararak sınırı aştığım zaman olanlar olmuştu.

Evimde yakalayamadığım huzuru Ashtonlarda bulacaktım. Bir gün okulda öğle yemeğinden sonra Taylor'a, "Büyükannemlerin yanında artık kalamam," dedim.

217

Beklediğim üzere Taylor, "Nereye gideceksin?" diye sordu.

"Oradan birazcık uzaklaşabilirsem belki bazı şeyler yoluna girer."

"Hadi bizimkilerle konuşalım," diye teklif etti Taylor.

Nihayet.

On üç

Noel pazar gününe denk geldiği için okul tatili on güne uzatıldı. Büyükbabam senede bir defa üç günlüğüne avlanmaya çıkardı ve bu kez dönüşü biraz gecikmişti; bu da bana planımı uygulamak için mükemmel bir fırsat yarattı.

"Büyükanne, birkaç geceliğine Taylorlarda kalmamın senin için bir sakıncası olur mu? Ailesinden izin aldık bile." Büyükbabam buna asla izin vermezdi ama büyükannem ondan çok daha yumuşaktı. Hâlâ şans eseri *hayatta kaldığıma* inanıyor ve buna çok şaşırıyordu, ben de bu durumdan faydalanıyordum.

Büyükannem hemen cevap vermeyerek beni şaşırttı. Yanlış bir hesap yapmış olabileceğimi düşünerek endişelenmeye başladım.

"Büyükbaban bunu onaylamazdı, ancak sana güveniyorum, Eddie." Gözlerimin içine derin derin bakarak sözlerine devam etti. "Neler hissettiğini biliyorum. Birkaç geceyi geçirmemek kaydıyla Taylor'larda kalmanda bir sakınca görmüyorum." Vay canına! Belli etmemeye çalışarak derin bir nefes aldım.

Koşarak yatak odama çıktım, penceremi açtım ve ambardan çalmış olduğum spor çantayı içeri aldım. Neredeyse sahip olduğum her şeyi içine yerleştirdim, ceplerine kadar doldurdum. Sonra da yere düştüğü zaman çok fazla ses çıkarmamasını umarak çantayı aşağıya açtım.

Ashtonlar Continental'ini evin önüne park ettiğinde, "Hoşça kal, tatlım," dedi büyükannem. Daha önce yüzlerce kez olduğu gibi kimsenin bana neden yürümediğimi sormaması beni şaşırttı. Büyükannem Bayan Ashton ile selamlaşırken Taylor yolcu kapısını açtı ve çantamı yerleştirmeme yardım etti.

Sonunda kaçıp kurtulmak üzere olduğumu hissediyordum.

Bay Ashton kısa süreli bir iş seyahatinde olduğu için Taylor ve ben annesine kraliçeler gibi ihtimam gösterdik. Kahvaltıyı hazırladık, çöpleri çıkardık, halıları temizledik ve hatta bulaşıkları bile yıkadık.

Bütün bunlar olurken konuşmak üzere en doğru zamanı yakalamak için bir şahin gibi Bayan Ashton'ı gözlemliyorduk. İki gün sonra, saat öğleden sonra neredeyse dörde geliyordu... Bayan Ashton yüzünde kocaman bir gülümse, elinde de kristal bir kadehle televizyon izlerken Taylor'la birlikte onun yanına gittik.

"Anne," diye konuşmaya başladı Taylor, "Eddie ve ben seninle bir konuda konuşmak istiyoruz."

Bayan Ashton bakışlarını televizyondan ayırmadan, "Peki," diyerek cevap verdi. "Konuşmak istediğiniz konu nedir?"

Taylor bana baktı; sahneyi devralma vaktim gelmişti. Söylemek üzere olduğum şeyi kaç kez prova ettiğimi anımsayamıyordum bile. Derin bir nefes alıp ses tonumu ayarladım. "Janice," diyerek söze başladım, "büyükannemler perişan bir halde, ben de öyleyim."

Bayan Ashton televizyon izlemeye bir son verdi ve yüzünü bana çevirdi. Sonunda dikkatini çekmiştim. "Beni gerçekten anlayamayacak kadar yaşlılar..." diyerek devam ettim. "Dahası büyükannem sessiz sakin yaşamak istiyor, ama ben onlara sadece yük oluyorum, bu yüzden de kendimi kötü hissediyorum."

"Eddie, bunun doğru olmadığına eminim."

"Bu doğru, Janice, bana inan. Her şeyi denedim, fakat anlaşamıyoruz. Bir süreliğine yanlarından ayrılıp sizinle yaşamaya başlayabilirsem, üçümüzün çok daha mutlu olacağını düşünüyorum. Büyükannem ve büyükbabamın bundan memnun olacaklarını da biliyorum. İtiraz edecek olsalar bile gizliden gizliye bu konuyu sizinle görüşmemi umduklarından eminim." Gerçekten söylediklerimin her bir kelimesine inanıyordum. Uzun zamandır duygularımı içime atıyordum ve dürüst olmak gerekirse yanlarından ayrılmamın onları ne kadar heyecanlandıracağını gözümün önüne getirebiliyordum. Bir arada olmasak da herkes kendi yaşantısına devam edebilirdi. Bununla birlikte ne yapmak ve nereye gitmek istediğimi biliyordum –ve bu bir çiftlikte yaşamaya devam edemeyeceğim anlamına geliyordu.

Bayan Ashton'ın gözleri kısıldı. "Pekâlâ, Eddie, büyükannen ve büyükbaban bunu kabul ederlerse benim için sorun yok. Ancak bu konuda Stan ile konuşmam gerekiyor; yarın evde olacak."

Başımı salladım ve bakışlarımı Taylor'a çevirdim. Gülümsememek için kendimi zor tutuyordum.

Ertesi gün, Anhtonlarda kalmaya geleli tam gün olmuştu. Büyükbabamın çok geçmeden avdan döneceğini biliyordum. Bir süreliğine evden ayrıldığımı öğrendiği zaman Ashtonları arayacak, ya da daha da kötüsü hemen evlerine gelecekti.

Bay Ashton sabahın erken saatlerinde eve geldi. Kısa bir süre sonra Taylor ile birlikte oturma odasında Bay ve Bayan Ashton'ın karşısına geçtik. "Eddie," dedi Bayan Ashton yumuşak bir ses tonuyla, "durumunu anlıyoruz. Burada olman bizi çok mutlu ediyor, ancak bu konuyu uzun uzadıya konuşmamız gerek. Bu sırada siz de kendinize oyalanacak bir şeyler bulabilirsiniz."

Bay ve Bayan Ashton odadan çıktıktan sonra Taylor'a dönerek keyifli bir şekilde, "Yeni bir kardeşin olmasına hazır mısın?" dedim.

Çok uzun zamandır bu anı bekliyordum; sonunda mutlu olacaktım. Peki ama neden Noel sabahı an-

223

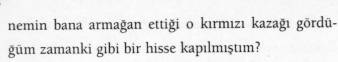

nemin bana armağan ettiği o kırmızı kazağı gördüğüm zamanki gibi bir hisse kapılmıştım?

Hepimiz aslında iki yarıdan oluşuruz. Bir yanımız düşünür... Bir yanımız hisseder.

İşte sorun buydu. Kendimi ne kadar iyi hissedersem hissedeyim neyi beklediğimden ya da neyi hak ettiğimden tam olarak emin olamıyordum. Düşüncelerim duygularımdan bağımsız hareket ediyordu.

224

Öğle yemeğinden sonra Bay Ashton arabayla dışarı çıkacağını söyledi ve ekledi: "Annen için alışverişe çıkmam gerekiyor, Taylor. Neden Eddie ve sen de bana katılmıyorsunuz? Size bir şeyler ısmarlarım."

Lincoln'e yerleştik ve caddeye çıktık. Russell'ın çiftliğinin önünden geçtik; alışılmış olduğu üzere terk edilmiş görünüyordu. Çok geçmeden büyükannemlerin evi görüş açıma girdi. Yaklaşırken koltuğumdan aşağı kaydım ve onların pencereden dışarı bakmamalarını umdum. Hayatım artık yenileniyordu.

Bay Ashton büyükbabamın eski pulluğunun bulunduğu garaj yoluna sapıp arabayı eve doğru sürerken, "Ne yapıyorsunuz?" diye bağırdım. Büyükannemin siluetini gördüm, yaklaştıkça daha da belirginleşti.

"Eddie, Janice ve ben dün gece buraya geldik ve neredeyse iki saat boyunca büyükannenlerle sohbet ettik. Kesinlikle senin gibi düşünmüyorlar. Buna inanmak güç biliyorum ama en iyisi onlarla birlikte olman."

Bir an için bacaklarımı ön koltuğa doğru germeyi ve arabadan inmemek için ayak diremeyi düşündüm. Kandırılmıştım. Beni incitmişlerdi. Kalbime bir bıçak saplanmış, derinlerde iç burkucu daireler çiziyormuş gibi yardım çığlıkları atmak istedim. Ashtonların büyükannemlerle bir olup beni oyuna getirdiklerine inanamıyordum. Aptal yerine konmak gururumu o kadar çok kırmıştı ki kendimi yeniden toparlayabileceğimi sanmıyordum.

Arka koltukta bir sersem gibi öfke ve şaşkınlık içerisinde oturuyordum. Sol tarafım radyatörden bile daha sıcaktı, ancak açık kapı kollarımın ve bacaklarımın aşağısını ürpertiyordu. Göğsüm acıyordu. Gözlerim yanıyordu. Hayatım boyunca asla akıtamadığım gözyaşlarıyla mücadele ediyordum.

Bay Ashton bana doğru eğildi ve dışarı çıkabilmem için sabırlı bir şekilde yolcu koltuğunu öne itti.

Taylor gözlerini kırpmaksızın dosdoğru önüne bakıyordu. Onun da bana ihanet edip etmediğini merak ettim.

Aklımdan bir düzine yabani, nefret dolu şey geçti, fakat hiçbirini dışa vurmadım. Doğrusunu söylemek gerekirse, sonraki yirmi dört saat boyunca kesinlikle tek kelime etmedim.

"Eddie, lütfen, bizimle konuş..." Büyükannem defalarca kendilerinin ve Ashtonların beni ne kadar çok sevdiğini tekrarladı. Onlar da incinmiş ve hayal kırıklığına uğramışlardı, yine de her şeyden öte tüm bu olanlar karşısında şaşkınlardı. Gidişimin onları mutlu edeceğini nasıl olmuştu da düşünebilmiştim, bir türlü anlayamıyorlardı.

Büyükbabam olduğundan çok daha anlayışlı görünüyordu, yine de büyükannem gibi duygularını tüm açıklığıyla dile getirmiyordu. Söze dökülmemiş olsa da büyükbabam Stan Ashton'ın gerçekte nasıl bir adam olduğunu çok iyi biliyordu: Tahtalarını ve pencerelerini satın alan tanınmış bir şehirli.

O gece geçmişi ardımızda bırakmamız gerektiğini

açıkça dileyerek, "Noel geliyor," dedi bana. "Yeni yıla temiz bir sayfa açarak başlamaya ve bundan keyif almaya ne dersin?"

Büyükbabamın böyle sözler sarf ettiğine inanamayarak, "Temiz bir sayfa açmak mı?" diye sordum. Mutsuzluğumu unutturmak isterken farkında olmaksızın daha çok öfkelenmeme sebep olmuştu. Yüzüm sinirden kıpkırmızı kesilmişti. "*Temiz bir sayfa açmak* öyle mi? Babamı ve annemi geri getirecek misin? Bana diğer çocuklarınki gibi bir hayat sunacak mısın? Taylor'ınki gibi mesela? Sözümona yaşanan her şeyi unutacağımı düşünüyorsun, öyle mi?"

"Unutma, Eddie... Bağışla. Geçmişi ardında bırakmak zorunda değilsin, ancak önüne bakman gerekiyor. Zevk aldığın sular boyunu aşıyor."

"Bu şekilde konuşarak durumu değiştireceğini sanıyorsun. Ben on üç yaşındayım ve yaşam sevincim çoktan söndü."

Büyükannem bize yaklaştı. "Eddie, haklısın. Bizler bir hayli yaşlı olsak da gerçekten elimizden geldiğince sana yardımcı olmaya çalışıyoruz. Çok fazla şey gördük ve çok fazla şey yaşadık. Bazı şeylerin zamanla aşılacağını biliyoruz —sadece bir süreliğine bunlara katlanman gerekiyor."

Durdum ve yumruğumu sıktım. "Doğru." Bakışlarıma öfkenin ve acının yerleştiğini hissedebiliyordum. Büyükbabama döndüm, ancak göz göze gelmedik. "Burada olmamı istemiyorsunuz, ben de sizinle burada kalmak istemiyorum. Şimdi, sizin yüzünüzden, tek arkadaşım da beni istemiyor." Hızla arkamı döndüm ve odama girdim. Kapıyı o kadar hızlı çarptım ki büyükannemin koridordaki duvara astığı resimlerden biri yere düştü.

Yere düşen annemin resmiydi.

Bir dakika geçmemişti ki kapı yeniden açıldı ve büyükbabam elinde kaçmak için hazırladığım spor çantayla içeri girdi. Çantayı yerden kaldırmakta ne kadar zorlandığımı anımsadım, büyükbabam ise tek eliyle tutuyordu.

"Otur, Eddie."

Yatağa oturdum ve kafamı kaldırıp büyükbabama baktım.

"Bu saçmalık bu gece sona erecek. Büyükannenin gözyaşlarını geçen sene dindirdim. Dün gece ise bana annenin yerine ölmüş olmayı dilediğini söyledi. Baş edemeyeceğin şeyler yaşadığını düşünüyorsun. Bu doğru olsa bile etrafındaki insanlara bu şekilde davranmaya hakkın yok. Buradasın çünkü biz bir aileyiz."

"Benim bir ailem *yok*," diyerek onu tersledim. "Ailem öldü."

Eğer hepimiz Tanrı'nın çocuklarıysak O'nun çocuklarından birini incitmek istedim, tıpkı O'nun beni yaraladığı gibi. Karanlık nefes aldırmadan etrafımı kuşatıyordu.

Büyükbabamın yüz ifadesi tamamen değişti. Gergin kırışıkların sayısı aynı kalsa da kontrol altında tutmaya çalıştığı öfke birden derin bir acıya dönüşmüştü.

"Böyle konuşma. Bir daha asla bu şekilde konuşma. Sen bizim her şeyimizsin, ailenin de her şeyiydin. Eddie, doğru yolu bulacaksın. Önünde zorlu bir yol var ama yolunu bulacaksın. Ve biz her adımında senin yanında olacağız."

Sözleri memnuniyet verici olsa da huzursuz olmuştum. O an inatçılığımın onun iyilikseverliğinden çok daha baskın olduğunu fark ettim. Bu büyükbabamın kaybetmek üzere olduğu bir oyundu, çünkü artık planlı programlı hareket eden biri haline gelmiştim.

Bu oyunun ne şekilde sona ereceğini artık biliyordum.

Cuma günü eşyalarımı gözden geçirdim ve sırt çantamı alabildiğince doldurup gömme dolabıma sakladım. O gece üçümüz de birbirimizin suyuna giderek sessizce oturduk. Büyükannem aramızdaki buzları eritmeye çalışarak, "Yarın Noel arifesi, Eddie. Biraz da olsa heyecanlı olmalısın," dedi. "Hava durumu spikeri sonunda kar yağışının başlayacağını bile söyledi."

Kesinlikle, diye düşündüm, *buraya bundan böyle hiçbir zaman kar yağmayacak.*

Tek kelime etmedim.

230

Birkaç saat sonra televizyon izlemek için gizlice merdivenlerden aşağı inmeye karar verdim. Johnny Carson'ı yeniden izleme şansım olur muydu bilmiyordum, bununla birlikte çok uykum vardı. Büyükannemlerin kapısı kapalı olan yatak odasının önünden sessizce geçerken bir şeyler duydum. Saat uyanık olamayacakları kadar geçti. Kulak kabartarak duraksadım. Sesler boğuktu.

Büyükannem hıçkırıklara boğulmuş bir halde bir şeyler söylüyordu. Büyükbabamın ses tonu ise teskin edici ve şefkat doluydu. Arkamı dönerek odamın yolunu tuttum.

Çalarsaatin zili beni derin uykumdan uyandırdı. Nerede olduğumu ve ne yapacağımı anımsamam birkaç dakikamı aldı. Uykuyu gözlerimden sildim ve üçe kurduğum çalarsaate baktım. Büyükannemler uyanmasınlar diye saati çoraba sarmıştım. Alarmı kapattım ve yataktan fırladım. Pencereden kaçmak için çarşafları birbirine bağlamak oldukça dramatik görünse de artık arkadaşlarıma anlatacak bir hikâyeye ihtiyacım yoktu. İhtiyacım olan tek şey dışarı çıkmaktı.

Dolabımın üst çekmecesinden kazağımı aldım ve üzerime geçirdim. İşte şimdi olmuştu. Duvarda asılı olan aynanın… Nasıl bir çocuk haline geldiğimi görmekten korktuğum ve bakmaktan sakındığım aynanın karşısına geçtim, kazağımı çıkarıp aynanın üzerini örttüm. Eddie ve kırmızı kazağım artık bir arada olabilirlerdi. Her ikisiyle vedalaştığım ve son zamanlarda temsil ettikleri ıstırabı dindirdiğim için son derece mutluydum.

Montum kalındı, ağır sırt çantasını omuzlarıma

231

geçirirken bir hayli zorlandım. Beremi ve eldivenlerimi giyip usulca, merdivenleri gıcırdatmamaya çalışarak adım adım aşağı indim.

Nefes nefese kalmış bir halde son basamağa uzandım ve ön kapıdan dışarı çıktım.

On dört

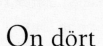

ava tahminimden çok daha karanlıktı. Eski bir hatıraymış gibi görünen son kar yağışının ardından kahverengi toprağın üstü yer yer buzlanmıştı.

Planım şehre otostop çekerek gitmekti. Boeing Havalimanı'na çok da uzak olmadığımızdan yolda günün bu saatinde bile araba bulabileceğimi biliyordum. Ancak çiftlik ambarını görünce aklıma çok daha iyi bir fikir geldi. Büyükbabamın el fenerini kabanımın cebinden çıkarıp yaktım. Pilleri bitmek üzere olsa da ambara gidene kadar yeterdi. Kapıyı çekerek açıp korkunç bir gürültü yaparım diye el fenerini çenemin altına sıkıştırdım ve kapıyı dikkatlice aralayarak içeri girdim.

Ambarı aydınlatan ışık etrafa ürkütücü gölgeler yayıyordu. Dikiş makinesi müzesi bir işkence odasını andırıyordu. Hiçbir zaman bana ait olmamış olan armağanımın üzerini örten çadır bezine yöneldim. Örtüyü kaldırdım ve örgü eldivenlerimin altında soğuk metal gidonları hissettim. El fenerini yere koydum ve jantlara takılmış olan tüm kartları çıkardım, böylece buradan ayrılışımı kimse duyamayacaktı. Büyükbabamın üzerinde sadece kalp desenleri olan kartları kullanmış olduğunu fark ettim. Büyükannemin etkisi, diye düşündüm. Kartları etrafta öylece bıraktım.

Bisikleti bulunduğu dar ve gizli yerden çıkarmayı denedim ama pedal rafın demir ayaklarından birine takıldı. İplikler ve yünler ağır çekimle yere yuvarlandı. Sonunda bisikleti oradan kurtardım ve dağınıklığın içinden çıkardım.

Gürültünün büyükannemleri uyandırmasından korksam da büyükbabamın pulluğunu görünce evin hâlâ sessizliğini koruduğunu anlamak içimi rahatlattı. Ancak çok geçmeden büyükbabamın çiftliğin günlük işlerini halletmek için kalkacağını ve gitmiş olduğumu anlayacağını biliyordum. Onun kamyonuna binip beni aramaya çıkacağından tam olarak emin değildim, fakat büyükannem başka bir sorundu. Gidişimi önemseyen

236

biri olacaksa bu kişi büyükannem olurdu. Ve büyükannem istediği zaman son derece ikna edici biri haline gelebilen bir kadındı.

Biri gerçekten beni aramaya çıkacak mıydı?

Mount Vernon arabayla bir buçuk saatlik bir mesafedeydi. Bisikletle ne kadar zaman alacağı konusunda ise hiçbir fikrim yoktu. Hava kararmadan oraya varmayı umuyordum. Şans eseri birkaç ay önce Taylor bana otobana çıkan kestirme bir yol göstermişti. Bu kestirme yol Taylor'ın evine yakın olan mısır tarlasının içinden geçiyordu. Sadece vakit kazandırmakla kalmayacak aynı zamanda beni anayoldan uzak tutacaktı, olur da büyükbabam beni aramaya çıkarsa…

Biri gerçekten beni aramaya çıkacak mıydı?

Drenaj hendeği ve beyaz çizgi arasında kalan dar, keçeleşmiş otlu alan boyunca bisikleti sürerek sola döndüm. Gözlerim gün doğmadan önceki karanlığa alışırken Russell'ın garajına uzanan yolu gördüm.

İlk başta sadece pedal ve zincir sesleri duyuyordum. Ardından buna rüzgârın ağaçlara vuruşu eşlik etti. Sonra kendi nefes alıp verişimden başka hiçbir şey duyamaz oldum.

Russell'ın evi tamamen karanlıktı. El fenerimi yakıp garaja uzanan yola saptım ve çitle çevrili ağıla doğru ilerledim. Belli belirsiz yanan sarı ışığın uykulu bir kısrağı aydınlatmasını bekledim. Ancak ağıl boştu.

Bisikletimi evin yanında bir yere park edip sessizce verandanın basamaklarına yöneldim. Bu sessizlikte ters giden bir şey vardı. El fenerini rüzgâr çanının bulunduğu yere tuttum. Yerinde değildi. Feneri kapattım ve evde bir yaşam belirtisi bulma umuduyla pencereden içeri baktım. İçerisi boştu. Büyük bir ağacın altında oturduğumuz banka döndüm. Yoktu.

Russell gitmişti.

Russell'ın gidişiyle birlikte bu lanet olasıca küçük kasabada özlemini çekeceğim hiçbir şey ya da hiç kimse kalmayacaktı. Bisikletime binip Russell'ın arazisinden çıktım ve ay ışığının da yardımıyla şehrin yolunu tuttum. Hayatımda ilk kez tam anlamıyla özgürdüm. Ve *bu his* muhteşemdi.

Birkaç dakika pedal çevirdikten sonra Taylorların evi görüş alanıma girdi. Posta kutusu iyi bir tekmeyi hak etse de sindiremediğim öfkemi dışa vurmak için yeterli zamanım yoktu.

Bunun yerine pedal çevirmeye devam ettim. Bir

hoşça kal bile demeksizin giderek intikamımı almış olacaktım. Tam karşımda Taylor'ın bana söylemiş olduğu dar ve çamurlu yolu gördüm. Bisikletimi o tarafa yönelttim. Çamurlu ve çakıllı patikada derin tekerlek izleri vardı ve her iki tarafı kurumuş, çürümüş mısır koçanlarından oluşan gri bir duvarla örtülüydü. Bisikletimi sürerken aşina olduğum çiftlikler alışılmadık manzaralara yol verdi. Gökyüzü yavaş yavaş aydınlanıyordu ve ay ışığı patikadaki derin izlerin üzerinden gitmeme yardımcı oluyordu. *Şimdiye kadar kimse beni bulamadı*, diye düşündüm. *Kimse beni aramıyor*. Bu düşünce kalbimin öfkeyle kabarmasına sebep oldu.

Mısır tarlasının yalnızlığında ağzıma gelen her şeyi söyleyebilirdim ve beni duyacak bir kişi bile olmazdı. Hiç kimse... Tanrı hariç. Bu, öfkemi kusmak için iyi bir fırsattı.

"Senden nefret ediyorum!" diye bağırdım. Gökyüzü sözlerimi yutmuşa benziyordu. Birazcık bile yankı yapmamıştı. Pedalları daha hızlı çevirmeye başladım. "Senden annemi mutlu etmeni istedim ama sen bunu yapamadın. Bunun yerine en çok ihtiyacım olduğu zamanda onu benden aldın. Babam iyi bir adamdı ama sen onu yeterince önemsemedin bile!"

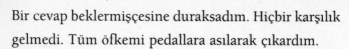

Bir cevap beklermişçesine duraksadım. Hiçbir karşılık gelmedi. Tüm öfkemi pedallara asılarak çıkardım.

Kendimi çok yalnız hissediyordum. Boşluğa haykırmak beni yatıştırıyordu. "Senden istediğim tek şey şu aptal bisikletti, ama bu bile senin gücünü aşan bir şeydi öyle mi! Sen bir sahtekârdan başka hiçbir şey değilsin. Senden nefret ediyorum!" O an sarf ettiğim tüm bu sözcükler mısır tarlasında ve beynimde yankılandı. Birdenbire etrafı doldurmuş gibi göründü. Ses, kendi ses tonuma çok benziyordu, ancak düşüncelerim hiçbir zaman bu kadar açık ya da net olmamıştı.

240

"Bazen en çok arzu ettiğimiz armağan zaten bizimdir, ancak ona sahip olmak için mücadele etmemiz gerekir."

Dişlerimi sıktım ve pedallardan ayağımı çekmeden ayağa kalktım. "Bu benim hatam değil." Var gücümle haykırırken pedallara daha da kuvvetli bir şekilde asıldım —sesten kaçabilecekmişim gibi. Aniden ön lastiğim çakıllı yolda bir şeye takıldı ve patikada yanlamasına savruldu. Çamurlu yola düşerken çığlık attım. Ne kadar süre orada öylece kaldığımı bilmiyorum, fakat kendime geldiğimde ay çoktan kaybolmuştu. Fakat sesleri duymaya devam ediyordum.

"Eve dön, Eddie. Eve dön."

"Hayır!" diye bağırdım. "Bir evim olsun istemiyorum."

Daha önce bir yerlerde duyduğum şu sözler kulaklarımda yankıladı. *"Hayvanlar güvenmedikleri insanlardan kaçar; ama biz… biz sadece kendimizden kaçarız."*

Geçerli bir sebebim var, diye düşündüm. Kendime tahammül edemez bir hale gelmiştim. Nefret ettiğim bir şeye dönüşmüş ve bu konuda suçu hep başkalarına atmıştım.

241

Yavaşça ayağa kalktım ve bisikletime bakmak için ilerledim. Zinciri çıkmıştı, ön çatal ve jantlar tamamen yamulmuştu. Bisikletim kullanılamaz bir haldeydi. Şimdi ne yapacaktım?

"Kendinden kaçamazsın," diye fısıldadı ses.

"Bahse girmek ister misin?" diye bağırdım.

Çamurlu patikadan aşağı koşmaya başladım, ardından mısır tarlasına daldım. Önümü neredeyse göremeyerek kırbaç gibi vuran mısır koçanlarının arasından ilerledim. Birkaç metre ileride bir karga sürüsü vahşice çığlıklar atarak tarladan havalandı.

Kalbim o kadar hızlı çarpıyordu ki yerinden çıkacak sandım. Dizlerimin üstüne çöktüm ve şafak öncesi aydınlanan gökyüzüne baktım. "Senden nefret ediyorum," dedim usulca.

"Seni seviyorum," diye karşılık verdi ses.

Her yerim sızlayarak yorgunluktan tükenmiş bir halde uzunca bir süre orada yattım. Bu garip seslerden kaçmaya çalışmıştım ama şimdi kulaklarımda kendi sesim yankılanıyordu.

Neden büyükbabamla konuşmadım? O ve büyükannem bana yardım eli uzattıklarında neden her seferinde onlardan kaçtım? Neden annemin kalbini kırdım?

"*Seni seviyorum,*" diye tekrarladı ses. "*Eve dön, Eddie. Her şey yoluna girecek.*"

Her şey nasıl yoluna girebilirdi ki? Her şey... Yeniden nasıl yoluna girebilirdi? Tam o anda, hayatım boyunca ilk defa kendi çıkarlarımı düşünmeden gözyaşlarına boğuldum. Daha önce de ağlamıştım, fakat bu kez duygularım derinlerden bir yerlerden yükseliyordu. Ailem gözümün önüne geldi. *Onları sevdim. Kendimden nefret ettim.* İçten içe beni bağışlamalarını diledim.

Şu haline bir baksana, diye düşündüm. Sadece on üç yaşındaydım ve etrafımı saran mısır koçanları gibi tükenmiştim. Bu arzu edilen bir yaşam değil. Hayat ne zaman arzu edildiği gibi yaşanır ki zaten? Keşke hayatımı sıfırlayabilseydim. Keşke doğru şeyler yapmak için ikinci bir şansım olsaydı. Ama şunu çok iyi biliyorum ki: İkinci bir şansım yok.

Yaptığım onca şeyden sonra beni kim affedebilir ki? Geçen yıldan bu yana nasıl bir çocuk haline geldiğimi gören büyükbabamın gözlerinin içine nasıl bakabilirdim? Dört bir yanımı saran mısır koçanları gibi ölü ve boştum. Belki de ait olduğum yer burasıydı. Belki de yeni evim burasıydı.

Birkaç dakika sonra gözyaşlarımı sildim ve sırt çantamı takıp sendeleyerek ayağa kalktım. Kül renkli, dağılmış mısır koçanlarını takip ederek geldiğimi düşündüğüm yöne doğru amaçsızca yürüdüm. Nerede olduğum ya da nereden koşmaya başladığım hakkında hiçbir fikrim yoktu. Mısır tarlasının etrafını görebileceğim kadar yüksek küçük bir tepeye tırmandım. Geldiğimi düşündüğüm tarafa doğru baktım, fakat yol görünmüyordu, bisikletimden ise hiçbir iz yoktu.

Hiçbir şey tanıdık gelmiyordu. Arazi düz ve çoraktı; kahverengi, siyah ve gri mısır koçanları sonsuz bir örtü gibi etrafımı kaplıyordu. Sonra, arkama baktığımda bir yol gözüme çarptı. Fakat bu daha önce kullandığım yol değildi. Issız, bozuk bir yoldu ve yo-

243

lun sonunda güç bela fark edebildiğim bir şey korkuya kapılmama sebep oldu: Kapkara bulutlar... Fırtına.

Bu da nereden çıkmıştı? Neden daha önce görmemiştim?

Bu kez çok daha farklı... küstah bir ses benimle konuşmaya başladı. Mısır tarlasından geliyor gibiydi. *"Haklısın, Eddie. Tanrı seni önemsemiyor, hiçbir zaman da önemsemedi."* Bu sözler düşüncelerimin arasında keskin bir şekilde yankılandı. Teselli edici olsa da sesin tonu ürpermeme neden oldu.

Tanıdık gelen diğer bir ses fısıldayarak karşılık verdi. *"Tanrı seni seviyor, Eddie. Eve dön, her şey yoluna girecek."*

Mısır tarlası, *"Hayır, Eddie,"* diyerek itiraz etti, bu kez ses çok daha sert çıkmıştı ve giderek sertleşiyordu. *"Ait olduğun yer burası. Mısır tarlası senin evin."*

Kafamı kaldırıp yeniden fırtına yüklü buluta baktım. Siyah, koyu yeşil ve gümüşi renkler bir bulutun içinde toplanmış girdap gibi dönüyordu. Bulut kabarmış bir halde gökyüzünde nefes alıp veriyordu sanki. Tuhaf bir şekilde canlı görünüyordu. Bana o tarafa gitmem için işaret ediyordu.

Kendi sesime benzeyen bir ses, mısır tarlasından yükseldi. *"Başarabilirim. Söz veriyorum."*

Fakat mısır tarlasının sesi her seferinde iç rahatlatıcı bir fısıltıyla kesiliyordu. *"Eve dön."*

"Eve dönemem," diye bağırdım. "Buradan nasıl çıkacağımı bile bilmiyorum."

Fısıltı, *"Fırtına ile yüzleş,"* dedi.

Mısır tarlası sanki fısıltının dediğini yapacakmışım gibi panikleyerek hemen karşılık verdi. *"Fırtına seni yutar, Eddie. Onunla yüzleşenlerin sonu bu."* An be an kendine güveni artan ses yükseliyordu. *"Etrafına bak, Eddie, evindesin. Ait olduğun yer burası."*

Etrafıma bakındım ve sesin söylediklerinde haklı olduğunu anladım. Burası, olmayı hak ettiğim yerdi. Burada rahat edemeyecek olsam da en azından daha fazla canımın acımayacağını biliyordum.

"Çok daha iyilerine layıksın, Eddie," dedi fısıltı, sesi eskisi kadar net değildi. Mücadelesini kaybediyor olduğunu biliyordu. *"İlk adımı atman yeter."*

Kapana kısılmıştım. Önümde fırtınaya uzanan bir yol vardı ve vaat ettiği tek şey ölümdü. Arkamda ise karanlık ve pişmanlık örülü bir duvar. Ve ben burada böylece duruyordum...

İlerlemekten korkarak...

Ve geri dönemeyerek.

On beş

Fırtına yüklü buluta uzun uzun bakarken bulut homurdandı ve uğuldadı. Dizlerimin üzerine çöktüm ve yeniden ağlamaya başladım. Fakat bu kez sadece ağlamıyor, *bağırıyordum da*. "Anne!"

Gözümün önüne annemin yüzünü getirdim. Annemin ölümünden bu yana –ve öncesinde- kabarmış olan suçluluk, öfke ve utanç duygularının hepsi üzerimden akıp gitti. Kelimeleri bir araya getirebilmem dolu dolu bir dakikamı aldı. Hüngür hüngür ağlarken titriyordum ve nefesim kesiliyordu.

Ardından yalvardım. "Tanrım," diye bağırdım, "yaptığım her şeyi, her şeyi berbat ettim. Lütfen yaptığım, mahvettiğim her şey için ne kadar üzgün olduğumu herkesin görmesini sağla. Doğru yolu bulmamda bana yardım et." Annemin, babamın, büyükannemin ve büyükbabamın görüntüsü hızlı bir şekilde gözümün önünden geçti. Artık kendimi önemsemiyordum; içinde bulunduğum mısır tarlasını andıran bir hayata dâhil olsam da yaşananların özrünü dileyememiş olmanın ağırlığını üzerimden atamıyordum.

Gerçekten neyi beklediğimi bilmiyordum, ancak gözlerimi açtığımda hiçbir şey değişmemişti: Şafak öncesi karanlık, arkamda ölü mısırlardan oluşan duvar ve tam karşımda kabarıp duran, gerçeküstü fırtına yüklü bulut... Hastalıklı ve umutsuz bir his kalbimi sıkıştırdı: *Belki de artık çok geçti.*

Fısıltı aklımdan geçenleri anlaşmışçasına yeniden konuştu. *"Fırtına ile yüzleş, Eddie."*

Bir hışırtı duydum ve arkamı döndüm.

"Merhaba, Eddie."

Bu farklı bir ses olsa da tuhaf bir şekilde tanıdık gelmişti. Karanlığın arasından bir adam belirdi. Bir şimşek çakmasıyla aydınlanan adamın yüzünü seçebildim.

"Russell?" Onun ne zamandır orada olduğunu merak ettim.

"Her şey yolunda mı, Eddie?"

Dizlerimin üzerinde doğruldum ve sersemleyerek, "Değil," dedim.

"Nereye gidiyorsun?" diye sordu.

"Eve."

Russell cevabım karşısında şaşırmış görünüyordu. "Peki o halde burada ne işin var?"

"Kayboldum."

"Bu doğru olamaz."

Ona alaycı bir şekilde baktım. "Neden olmasın?" dedim.

"Olamaz." Russell gözlerimin içine uzun uzun baktı. Bakışları içime işliyor gibiydi. "Tam olarak olmak istediğin yerdesin."

"Burası neresi?"

"Burası senin yarattığın bir dünya."

"Benim yarattığım bir dünya mı?" Böylesine keder verici ve ıssız bir yer yaratmış olmaktan hoşlanmamıştım.

Keskin bakışları üzerimde gezindi. "Buraya nasıl geldiğini biliyor musun?"

Ona gerçeği söylemekten utandım. "Bisikletimle kaza yaptım ve bu mısır tarlasına sürüklendim. Sonra da yolumu kaybettim ve fırtına başladı."

"Hayır, Eddie." Russell kibarca gülümseyerek kafasını iki yana salladı. "Demek istediğim, *buraya* nasıl *geldiğini* biliyor musun?" Aynı kelimeler bu kez tamamen bambaşka anlamlar barındırıyordu.

Fısıltı birden araya girdi. *"Hangi yoldan gideceğine karar verdiğin zaman nereye varmak istediğine de karar vermiş olursun."*

Bu beni birdenbire kendime getirdi. Buraya nasıl geldiğimi biliyordum. Azar azar, hata üzerine hata yaparak varış noktası kaçınılmaz olan bir yola sürüklenmiştim.

Fısıltı yeniden konuşmaya başladı. *"Bütün seyahatler, iyi ya da kötü, tek bir küçük adımla başlar."*

Bu yolculuk çok uzun zaman önce o kırmızı kazağı gördüğüm Noel sabahında başladı. Şimdi ise üzerinden bin yıl geçmiş gibi geliyor. Başımı salladım. "Evet, buraya nasıl geldiğimi biliyorum."

Russell bakışlarını yavaşça mısır tarlasına çevirdi. "Çoğu insan bu yeri bir şekilde bulur. Karanlık onları korkutur, çünkü tek dertleri karanlığı arkalarında bırakmak istemeleridir. Ufuğun ötesinde neyin olduğunu görebilselerdi eve gerçekten ne kadar yakın olduklarını da fark edebilirlerdi." Bakışları yeniden üzerime odaklandı. "Eve nasıl gideceğini biliyor musun?"

250

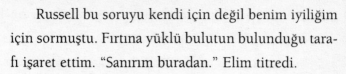

Russell bu soruyu kendi için değil benim iyiliğim için sormuştu. Fırtına yüklü bulutun bulunduğu tarafı işaret ettim. "Sanırım buradan." Elim titredi.

"Bunu nereden biliyorsun?"

"Bilmiyorum. Hissediyorum."

"Eddie, bu dünyayı sen yarattın. Fakat sana ait değil. Eve dön."

Fırtına yüklü buluta baktım ve titremeye başladım. Rüzgâr ne kadar savunmasız, mağlubiyetime ne kadar yakın olduğumu gösterircesine uğulduyordu. Russell bana sakin bir şekilde baktı. "Haklısın, oldukça tehditkâr *görünüyor*." Sözlerinde beni teskin eden bir şeyler vardı. "Kötü şeylerin bakanın gözlerinde şekillenmesi ne kadar da şaşırtıcı."

251

"Bakanın gözlerinde mi?"

"Evet, bakanın gözlerinde. Fırtınaya onu yaratmış olduğun andaki gibi bakıyorsun."

Yatak odamdaki ayna aklıma geldi. Son birkaç aydır o aynaya ne zaman baksam bakışlarımın gerçeği ortaya çıkaracağından korkarak karşısından uzaklaşıyordum: Kendimden nefret ettim *çünkü* kendi sorunlarım yüzünden hep başkalarını suçladım.

Russell beni gerçeklerle yüzleştirdi. "Fırtınadan korkma, Eddie. Mısır tarlasından kork. Mısır tarlası kendini güvende hissetmeni sağlıyor olabilir, ama burası hem soğuk hem de karanlık."

Fırtına Russell'ın bu sözlerine karşı koyarcasına hiç olmadığı kadar yüksek sesle uğuldamaya başladı. Mısır koçanları fırtınanın dinmek bilmeyen rüzgârıyla eğildi, fakat tuhaf bir şekilde fırtınaya doğru. *Onlara meydan okumaya çalışıyor*, diye düşündüm. Fırtına yüklü bulut hareket etmediği halde etrafa yaydığı gürültü yaklaşmakta olan bir yük trenini andırıyordu. Ellerimle yüzümü kapattım.

Russell güven verici ve mevsimden ötürü çatlamış elini omzuma koydu. Teni sıcacıktı. "Her şey yolunda, Eddie, rüzgâr sana zarar veremez. Hiçbir şey sana zarar veremez. Hadi fırtına ile yüzleş."

Rüzgârın aniden çok daha sert esmesiyle sonsuzluğa uzanan cansız mısır tarlası inledi. "Yapamam. O… O çok güçlü."

"Sen ondan çok daha güçlüsün."

Bunu nasıl söyleyebilir?

Vahşice esen rüzgâr içi boşalmış mısır koçanlarını kökünden söküp çıkarıyordu. Toz, toprak etrafımızda girdap oluşturuyordu. Rüzgârın uğultusu sağır edici olmasına rağmen Russell sesini yükseltmek zorunda kalmadı ve ben onu duymakta güçlük çekme-

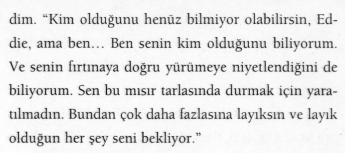

dim. "Kim olduğunu henüz bilmiyor olabilirsin, Eddie, ama ben... Ben senin kim olduğunu biliyorum. Ve senin fırtınaya doğru yürümeye niyetlendiğini de biliyorum. Sen bu mısır tarlasında durmak için yaratılmadın. Bundan çok daha fazlasına layıksın ve layık olduğun her şey seni bekliyor."

Ona inanmayarak güçlükle yutkundum. "Yapamam, Russell. Fırtına geçene kadar burada bekleyeceğim. Burada güvendeyim."

Russell'ın gözleri birden öfkeyle parıldadı. Kafasını salladı. "Ah, Eddie, tamamen yanlış anladın. Fırtına *hiçbir zaman* dinmeyecek. Dinemez. O sana ait. Ayrıca yaşamak güvende olmak anlamına gelmez. Yaşam bizi büyüten ve gerçek anlamda yaşadığımızı hissettiren hatalarımız, yanlışlarımız ve günahlarımızla bir bütündür. Ama yine de sadece bir konuda yanılmadın: Eve giden yol orası. Eve giden *tek* yol orası. Bunu sen de *göreceksin*. Bana güven. Gerçekten *kim* olduğuna güven."

Kendimi önemsiz hissederek, "Ben kimim?" dedim. Gerçeklerden utanç duyuyordum. "Ben bir hiçim. Beni seven herkesi incittim."

"Bazen yolculuğun en zor olan kısmı bu yolcuğa layık olduğuna inanmaktır."

Layık mıyım? diye düşündüm kendi kendime.

Yeniden Russell'a döndüm. Bakışları keskin ve son derece sevecendi. "Evet. Kesinlikle öyle. Şimdi eve git."

İstedim. Ancak kendimi güçsüz hissediyordum. Ve fırtına giderek daha da korkutucu bir hale geliyordu.

"Güven, Eddie. Gezgin yolculuğu hak eder. Varacağı yeri de. Sadece küçük bir adım at."

Fırtına hiç olmadığı kadar korkunç görünüyordu. Bakışlarım şiddetli salınımları arasında kayboldu. *Güven*. Kendi isteklerimin peşinden sürüklenmekten bıkmıştım –beni burada tutan şey de buydu. Ama, ilk defa, doğru olan şeyi yapmak istedim.

Gözlerimi kapadım ve bir adım attım. Bu adım beni fırtınanın tam merkezine götürdü. Rüzgârın acı çığlıkları kulaklarımı dolduruyordu. Korkudan çığlık atmak istedim, fakat Russell elimden tuttu. "Sadece bir adım daha," dedi, sakin ses tonu fırtınadan çok daha güçlüydü. *Güven*.

Gözlerim kapalı, tüm gücümü bir adım daha atabilmek için harcadım.

Sessizlik.

Gözlerimi açtım. Fırtınanın diğer tarafındaydık.

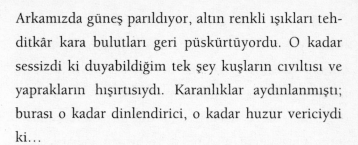

Arkamızda güneş parıldıyor, altın renkli ışıkları tehditkâr kara bulutları geri püskürtüyordu. O kadar sessizdi ki duyabildiğim tek şey kuşların cıvıltısı ve yaprakların hışırtısıydı. Karanlıklar aydınlanmıştı; burası o kadar dinlendirici, o kadar huzur vericiydi ki...

"Neredeyim?" Hayretler içinde kalarak etrafıma, mısır tarlasına, otlara ve gökyüzüne baktım. Garip çok garipti o zamana kadar ilk defa gördüğüm muazzam bir renk cümbüşüyle karşı karşıyaydım. Mısır tarlasının rengi değişmişti, adeta bir tabloyu andırıyordu. Hatta renkleri canlı gibi görünüyordu. *Cennette miyim?*

Russell bu sözlerimi duymuşçasına kafasını salladı. "Fırtınanın öteki tarafındasın. Bu senin beklediğin şey. Ölmeksizin gerçekten yaşamaya başlayacaksın."

"Bu inanılmaz." Yola baktım. Artık eskisi gibi kirli ve çamurlu görünmüyordu, aksine aydınlıktı. "Sen gerçekten kimsin, Russell?"

Gülümsedi. "Asıl soru *senin kim olduğun?*"

Her nasılsa ifade etmek istediği şeyi anladım. Fırtınayla yüzleşmeden kim olduğumu anlayamazdım.

"Herkes fırtınayla yüzleşmek zorunda kalıyor mu?"

"Evet, er ya da geç. Fakat şimdiye dek hiç kimse fırtına yüklü bulutların arasında kaybolmadı, sadece onunla yüzleşti. Çoğu kişi neyi fark etmiyor biliyor musun, Eddie... Fırtınayla mücadele etmek zorunda değilsin, sadece kabarmasını durdurmak zorundasın... Ona kendi gücünden vermeden kabarmasını durdurmak zorundasın."

Yeniden etrafıma baktım. Kokuları, sesleri, huzuru ve mutluluğu anımsamaya çalıştım. İçtenliği. "Burası cennet değilse, neresi peki?"

"Burası yolculuğunun bir bölümü. *Cennet* çok daha farklı bir yer; çok daha güzel." *O* kelimeyi daha önce hiç duymadığım bir şekilde söylemişti. Hayatım boyunca *cennetin* gerçek değil hayali bir yer olduğunu sanmıştım; Disneyland'in kutsal bir uyarlaması gibi. Cennet iyi olmaları için insanları baştan çıkaran bir havuçtu.

"Cennet çok daha farklı derken?"

"Cennet her şeyin kefaretidir."

"Kefaret?" Büyükannemin kilisedeyken bu kelimeyi kullandığını duymuş olsam da tam olarak ne ifade ettiğini hiçbir zaman anlamamıştım.

Kelimeyi vurgulayarak, "Ke-fa-ret," dedi. "Kefaret hataları düzeltmek ve her şeye yeniden başlamak

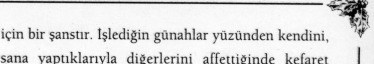

için bir şanstır. İşlediğin günahlar yüzünden kendini, sana yaptıklarıyla diğerlerini affettiğinde kefaret ödenmeye başlar. İşte o an hataların hata olmaktan çıkar ve seni kuvvetlendiren bir şey haline gelir. Kefaret her şeyi tamamlamanı sağlayan eşitleyici bir kuvvettir: Can attığın her kucaklama, her dönmedolap, her beysbol oyunu ve karlı havalarda kaçırdığın her yürüyüş... Sevdiğin ve özlediğin herkestir. Kefaret, Eddie, yeryüzündeki cennettir."

"Peki, babam ve annem... Onlar cennetteler mi?"

Sorumun cevabı bakışlarındaki sevecenlikte saklıydı.

257

"Onlar da fırtınayla yüzleşmek zorunda kaldılar mı?"

"Birçok kez. Fakat büyük bir yardımcıları vardı."

"Sen mi?"

Gülümsedi. "Hayır, Eddie. *Sen*. Sana karşı duydukları sonsuz sevgi, fırtınayla yüzleşmelerinde onlara yardım etti."

Anımsayabildiğim kadarıyla o zamana dek ilk kez ailem ya da benim için yaptıkları fedakârlıklar yüzünden kendimi suçlu hissetmedim. Sadece minnettarlık. Russell'a baktım. "Karşıma başka fırtınalar çıkacak mı?"

"Evet." Bakışlarımız birbirine kitlendi. "Şüphesiz, evet."

"Peki ya bir dahaki sefere çok korkarsam?"

"Yanında olacağım," dedi sevecen bir şekilde. "Unutma, Eddie, fırtınayla yüzleşen hiç kimse yolculuğundan pişman olmadı. Burada duran hiç kimse öteki tarafta olmayı arzu etmedi."

"Teşekkür ederim."

"Bana teşekkür etme. Doğru kararı veren sendin."

Bunu duymak kendimi iyi hissetmemi sağladı.

"Pekâlâ, Eddie, kim olduğunu biliyor musun?"

258

Sözleri üzerine kim olduğumu tanımlamaya çalışırken içimi bir sevinç, bir sıcaklık kapladı. Ağlamakta olduğumu fark ettim. Başımı salladım.

Yüzünde kocaman bir gülümseme belirdi. "Kısmen biliyorsun. Kısmen." Ona uzun uzun bakarken birden değişmeye başladığını fark ettim. Etrafına ışık yayıyor gibi görünüyordu. "Sen sevinçsin, Eddie. Sevinçsin."

Şimdiye kadar hiç görmediğim bir beyazlıktaydı. Parlak. Güzel. Sıcak. Işık o kadar aydınlık bir hale geldi ki gözlerimi kapamak ve uzaklaşmak zorunda kaldım –ama artık gerçekten kim olduğumu biliyordum.

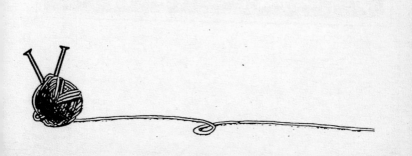

On altı

261

Kreplerin kokusu gerçekten o kadar muhteşemdi ki beni uyandırdı. Gözlerimi açtım ve yatak odası penceresinden yüzüme vuran parlak ışığa gözlerimi kısarak baktım.

Yanağıma dokundum. Islaktı. Ağlamıştım. Evet, bunu anımsıyordum. *Fakat büyükannemlerdeki bu yatak odasına nasıl geri dönmüştüm? Beni aramaya çıkmışlar mıydı?* Tamamen giyinik olduğunu fark ettim, ancak bunlar önceki gece üzerimde olan kıyafetler değildi.

Bilincim yerine gelirken etrafımdaki dünya duygularımın kabarmasına neden oldu. Üst kattaki bu odanın aydınlık ve keskin havası beni neşelendirdi. Krep hamurunun ve tatlı akçaağaç şerbetinin leziz mi leziz, tatlı mı tatlı kokusu havayı doldurdu. Pastırmanın cızırtısını duyabiliyordum. Tüm bunlarda garip olan bir şeyler vardı. Kendimi tam anlamıyla farklı hissediyordum. Yeniden ışığı hissediyordum.

Yatağımda doğruldum. Yerde iki tane ekmek poşeti vardı ve Noel kazağımı sıkıca kollarımın arasında tutuyordum. Kazağı yüzüme bastırdım. Bu kazağı annem örmüştü. Dakika dakika, ilmek ilmek, bu kazağı benim için kendi elleriyle örmüştü. Değişen sadece ben değildim, kazak da değişmişti. Şu an bana çok daha farklı anlamlar ifade ediyordu –geçmişin kutsal bir hatırası gibi. "Ne hediye ama!" Bunu özellikle hiç kimseye söylememiştim. "Ne kadar da muhteşem bir hediye."

"Eddie?"

Kalbimin bir an için durduğunu sandım. Kapalı olan yatak odası kapısına baktım.

"Kiminle konuşuyorsun? İçeri girebilir miyim?"

Kapı açıldı. Annem merdiven boşluğundan yayılan güneş ışığının etkisiyle parlak bir şekilde aydın-

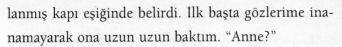

lanmış kapı eşiğinde belirdi. İlk başta gözlerime inanamayarak ona uzun uzun baktım. "Anne?"

"Günaydın, uykucu."

Yataktan fırladım ve kollarımı açarak ona doğru koştum, az kalsın onu devirecektim. "Anne!"

Kahkahalar attı. "Benim! Senden böylesine büyük bir karşılama beklemiyordum doğrusu. Özellikle de dün geceden sonra."

"Buradasın!"

"Elbette buradayım. Seni bırakıp gideceğimi mi sandın?"

Gözlerim doldu. "Fakat eve arabayla giderken... Kaza."

Annem gülümseyerek bana baktı.

"Sana bakmak için yukarı çıktığımda uykuya dalmış olduğunu gördüm. O kadar kötü bir günün ardından seni uyandırmamanın en doğrusu olacağını düşündüm. Görünüşe bakılırsa haklıymışım."

Şimdi her şey açıklığa kavuşmuştu. Yukarı çıkmıştım ve bir an için kazağa sarılıp yatmıştım... Bu bir rüya olamazdı değil mi? Olabilir miydi?

Annem saçlarımı okşadı. "Sabah olduğunda yeniden deneyebileceğimizi düşündüm. Ne de olsa, Noel ikinci bir şansı hak ediyor, öyle değil mi?"

Kafamı onun göğsüne gömdüm ve ağladım. "Ah, anne. Teşekkür ederim. Sana o şekilde davrandığım için çok üzgünüm. Sen dünyanın en iyi annesisin. Ve kazağımı tahmin edemeyeceğin kadar çok seviyorum."

Annem gülümseyerek geri çekildi. "Peki, bir gece geçti ve kazağını artık seviyorsun öyle mi?"

"Her şeyden çok."

"Her şeyden çok derken? Bisikletten bile mi?"

"Ondan bile. Aptal, eski bir bisikletten bile daha çok. Lütfen, Noel'i yeniden kutlayabilir miyiz? Bu kez hata yapmayacağım. Söz veriyorum."

264

Annem bana baktı ve gülümsedi. "Bunu gerçekten istiyorsun, değil mi?"

Tek kelime edemedim, sadece başımı salladım. Annem beni yeniden kendine çekti ve alnımdan öptü. "Seni seviyorum."

Fısıldadım, "Sevdiğini biliyorum. İşte bu yüzden kazağımı bu kadar çok seviyorum. Çünkü onu bana sen ördün."

Birkaç dakika sonra annem, "Neden kıyafetlerini değiştirip aşağıya inmiyorsun. Kahvaltı çoktan hazır," dedi.

Ona daha da sıkı sarıldım. "Lütfen gitme."

Kahkahalarla güldü. "Sadece aşağı iniyorum. Kim bilir, orada başka sürprizler de olabilir."

Her nasılsa annemin neden bahsettiğini biliyordum. "Başka bir sürpriz istemiyorum."

"Bu kadar emin olma," dedi ve beni yeniden alnımdan öptü. "Hadi giyin ve aşağı in. Büyükbaban ve büyükannen seni bekliyor."

Gözyaşlarımı sildim. "Tamam."

Annem kapıyı arkasından kapayarak odadan çıktı. Çabucak kıyafetlerimi değiştirdim; üzerime *elbette* kazağımı giydim. Giyinirken pencerenin dışında bir şey gözüme takıldı. Kar yağmaya başlamıştı. *Babamın işi,* diye düşündüm.

Merdivenlerden indim. Büyükbabam ve büyükannem meraklı gözlerle bana bakıyorlardı.

"Mutlu Noeller!" dedim.

Birden göz ucuyla birbirlerine baktılar, kuşkusuz bana ne olduğunu anlamaya çalışıyorlardı.

"Sana da mutlu Noeller," dedi büyükbabam.

Büyükannem yanıma geldi ve beni kucakladı. "Günaydın, tatlım. Mutlu Noeller."

"Eddie," dedi annem. "Gördün mü? Kar yağmaya baş..." Cümlesini tamamlayamadan duraksadı. Üzerimdeki kazağa bakıyordu. "Kazağını gerçekten seviyorsun."

"Bu şimdiye kadar aldığım en güzel hediye."

Annem yıllardan beri ilk kez bu kadar mutlu görünüyordu.

Büyükannem elinde kreplerle dolu bir servis tabağıyla yanımıza gelirken, "Pekâlâ," dedi. "Hadi yiyelim."

Masada yerlerimizi alırken büyükbabama dua edip edemeyeceğimi sordum.

"Elbette," dedi.

El ele tutuştuk ve başımızı öne eğdik.

266

"Tanrım, bize bahşettiğin her şey için sana minnettarız. Noel mucizesi için yeniden bir aradayız. Kefaret, her şeye yeniden başlama şansı için teşekkürler. Kim olduğumuzu anımsamamızda bize her zaman yardım et. Ve fırtınalarla yüzleşmeye değer olduğumuza inanmamızı sağla. Amin."

Kafamı kaldırdığımda herkes şaşırmış bir halde bana bakıyordu.

Birkaç saniye geçtikten sonra annem nihayet sessizliği bozdu. "Baba, rica etsem krepleri uzatır mısın?"

"Tabii ki, hayatım."

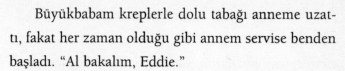

Büyükbabam kreplerle dolu tabağı anneme uzattı, fakat her zaman olduğu gibi annem servise benden başladı. "Al bakalım, Eddie."

"Teşekkür ederim," dedim. "Açlıktan ölmek üzereyim. Benim için çok *uzun* bir geceydi."

Büyükannem şaşırmış bir şekilde bana baktı. "Uzun mu?"

"Eddie," dedi büyükbabam. "Sen odanda uyurken bir adam geldi. Seni arıyormuş, adını hatırlamıyorum ama dışarıda, senin yaşlarında bisiklet süren bir çocuk görmüş. İyi olduğundan emin olmak istedi. Ona görmüş olduğu çocuğun sen olmadığını söyledim."

"Çünkü ben uyuyordum."

"Çünkü senin *bisikletin* yok." Suratında tuhaf bir gülümseme belirdi. "Ya da, kim bilir? Henüz her yere bakmadık. Ava çıkmaya ne dersin?"

Ona gülümsedim. "Bekleyebilir, büyükbaba. Gerçekten ihtiyacım olan her şey tam olarak burada."

Büyükbabam gülümsedi, gözlerinin içi parıldadı. "Ne güzel söyledin, Eddie. Ne güzel söyledin."

Kahvaltıdan kısa bir süre sonra büyükbabam hepimizden dışarı çıkıp ambara gitmemizi rica etti. Benden daha heyecanlıydı. Büyük bir gürültü kopararak

267

bisikletin üzerindeki muşambayı kaldırdı. Beni eğitmiş olduğu üzere şaşırmış gibi yaptım. Herkese cömertçe teşekkürlerimi sundum. Büyükbabama zevkinden ötürü iltifatta bulundum ve beni gerçekten çok şaşırttığını söyledim. İnandırıcı bir şekilde rol yapmış olsam da büyükbabam gerçeği bildiğimi söyleyebilirdi. Bisikleti nasıl bulduğumu bilmemek onun canını sıkmıştı; bunu biliyordum. Üzerinde kalp şekilleri olan kartların hepsini jantlara taktığı düşünülürse bu onu kâğıt oyununda yenmekten –ki bunu hiç başaramamıştım- çok daha iyiydi.

268

Öğleden sonra, kar huzur verici bir şekilde yağmaya devam ederken, Burl Ives'in Noel albümünü dinleyerek şöminenin karşısına annemin yanına uzandım. Uzun parmaklarıyla saçlarımı okşuyordu. "Bu uzun zamandır geçirdiğimiz en güzel Noel." dedi dalgın bir şekilde.

"Öyle," dedim. "Tıpkı eski zamanlardaki gibi."

Gülümsedi. "Henüz on iki yaşındasın, Eddie. *Eski zamanlar* ha!"

Aynı anda kahkahalara boğulduk. Ardından, "Anne..." dedim.

"Evet?"

"Benim için yaptığın her şey için teşekkürler. Bu

kadar çok çalıştığın için... Benimle birlikte olabilmek için çalışma saatlerini değiştirdiğin için... Her şey için teşekkürler."

"Bunları nasıl öğrendin?"

"Sadece... Sana ne kadar teşekkür etsem az."

Annem gözleri dolarak bana baktı. "Neden bunları yaptığımı biliyor musun, Eddie?"

"Neden?"

"Çünkü sen benim yaşam sevincimsin, Eddie. Neşe kaynağımsın."

269

270

Böyle Başladı...

Büyükbabamın adı tam olarak Edward Lee Janssen'di ve gerçekten yaz aylarındaki en yakın arkadaşımdı. Nüfüs cüzdanımda göbek adım sadece "Lee," diye belirtilmiş olsa da hayatım boyunca "Edward Lee" olarak kullanılmasında ısrarcı oldum. Nitekim tüm arkadaşlarım, hatta çocuklarım bile gerçek adımın "Gleen Edward Lee Beck" olduğuna inanıyorlar.

İsmim "Eddie," Washington'da Mount Vernon diye bilinen küçük bir kasabada büyüdüm. Annemin ismi Mary'ydi. Bana bir Noel kazağı armağan etti ve ben kazağı yere attıktan kısa bir süre sonra onu kaybettim; öldüğünde on üç yaşındaydım.

Büyükannem ve büyükbabam kitapta tasvir edilen kişilere çok benziyorlardı. Büyükbabam eşsiz bir adam ve eşsiz bir arkadaştı.

Babama gelince; aslında bu kitapta anlatıldığı gibi onun eksikliğini çekmedim. O ve ben belli bir zamana kadar asla yakın olamadık. Aklımı başıma toplayıp kendi hayatım için sızlanmayı ve üzülmeyi bıraktığımda mutlu olabileceğim şeyleri keşfetmeye başladım. İşte o zaman babamı arayıp ona kendimi onun oğlu gibi hissetmediğimi söyledim. O da bana aynı şeyi hissettiğini söyledi ve eğer inanırsam aramızdaki bu garip uzaklığı aşacağımızı belirtti. Sözlerini şu an yazarken bile gözlerim doluyor.

Babamın dediğini yaptım ve bu garip uzaklıktan kurtulduğumuz için son derecede memnunum. Sonraki on beş sene çok iyi anlaştık ve hiç olmadığımız kadar yakın olduk.

Gerçekten bir aile fırınımız vardı ve babam bir fırıncıdan çok sanatkâra benzerdi. 2007 yazında Mount Vernon'ın şehir merkezi bir hayli canlanmaya başlamıştı. Bizimki gibi kapanan pek çok dükkân yıkılmış, yerlerine daha da büyük mağazalar açılmıştı. İçlerine hiç girmedim; onlar gibi pek çok mağazayı başka şehirde zaten görmüştüm.

Russell hayatımdaki en hayati elemanların bütününü oluşturuyor. Russell karakteri, zamanında büyükbabamların evinin yanında yaşamış olan gerçek bir kişi. Hayatı boyunca alınteriyle geçimini sağlamış, temiz kalpli ve bilge bir çiftçi. Onu bu kitapta ideal bir model olarak kullanmaya karar verdim ve büyükannemlerin Washington, Puyallup'ta oturdukları sokağı ziyaret ettim. Büyükannem ve büyükbabam ölmüştü ve aradan çok uzun zaman geçmiş olmasına rağmen Russell hâlâ orada yaşıyordu. Bana bir söğüt ağacı gösterdi. Bu söğüt ağacının fidesini ben daha küçücük bir çocukken büyükannem ona vermişti. Şimdi ise arka bahçesini gölgeliyor.

273

Russell aynı zamanda can dostum Pat Gray'in de hayran olduğu biridir. Pek çoğunuz radyoda, televizyonda ve sahne gösterilerimde ondan sıklıkla bahsettiğimi duymuşsunuzdur. Pat ile hayatımın sonbaharında tanıştık. Kötü günleri atlatmamda bana yardımcı oldu ve bana herhangi birinin verebileceği en büyük armağanı verdi: Güven.

Sonra Russell otuzlu yaşlarda gördüğüm bir rüyada karşıma çıktı. Mısır tarlası benim için gerçekti, tıpkı diğer tarafın rengi, sıcaklığı gibi. Kutsaldı ve tam anlamıyla hayatımı değiştirdi. Sizlere daha önce belirttiğim gibi bunun bir nedeni olduğuna inanıyorum... Bu kitap kendi kendini yarattı.

O zamanlar rüyama giren kişinin kim olduğunu bilmiyordum ama şu an o kişinin Russell olduğunu hissediyorum. Fakat o size göre *kim*... Buna ancak siz karar verebilirsiniz.

O rüya ve Russell sadece bana ait değildi, mısır tarlası da öyle... Hepimiz hayatımızın bazı dönemlerinde kendimizi orada buluyoruz. Beni asıl korkutan şu ki pek çoğumuz hayatımızı karanlıkta kalarak boşa harcıyoruz, çünkü geçmişimizi ardımızda bırakamıyor ve bilinmezliklere uzanan yolda ilk adımı atamıyoruz. Korkuların ötesinde bizi mutlu günlerin ve güzelliklerin beklediğine inanmıyoruz.

Ben bir alkoliğim. Uzun bir süre boyunca hatalarımı, acımı ve duygularımı içime atarak yaşadım, öyle ki bu rüyayı görmüş olmasaydım hepsi beni öldürmüş olacaktı. Keşke bu rüyayı Eddie gibi on üç yaşındayken görmüş olsaydım.

Ne yazık ki dizlerim üzerine çöküp yalvarana kadar birçok hata yaptım. "Bunu sen istedin, ben değil." Otuzlu yaşlardaydım ve bir yılı aşkın bir süredir kendi kendimi iyileştirmeye çalışıyordum. Düzeldiğimi düşünüyordum, fakat o rüyada gitmeye karar vereme-

274

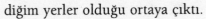

diğim yerler olduğu ortaya çıktı.

Yorulmuştum. Vicdan muhasebesi yapmaktan, hatıralardan, hayatım boyunca sakındığım şeylerle yüzleşmekten usanmıştım. Bilinçsiz bir şekilde o mısır tarlasında kalmak istedim, çünkü mısır tarlası anayolun dışındaydı ve nispeten oradan çok daha güvenliydi. Hatta geçmişe bakılacak olursa, çok daha fazlası.

Bazen neden kendimizle yüzleşmediğimizi düşünüyorum da... Çünkü belirli bir düzeye indirgenmiş mutluluğu hak ettiğimize inanıyoruz. Hayal gücümüz, değer verdiğimiz düşüncelerimiz ve sevincimiz bizi sınırlıyor. Kendi sefaletimizden hoşnut olur hale geldik, çünkü tek bildiğimiz bu. Ya da belki de sadece kendi *gerçekliğimizi* bulmaya çalışmıyoruz, çünkü bulacağımız şeyin herhangi bir şekilde gerçek olamayacağından korkuyoruz.

Bir gece bir rüya gördüm: Bozuk bir yol. Kurumuş mısır tarlası. Herhangi birinin görmek bile istemeyeceği türden bir fırtına. Gidecek hiçbir yer yok.

Sonra yaşlı, gizemli bir adam bana yolu gösterdi.

Bu rüyadan uyandığımda saat sabahın üçüydü. Fırtınanın her iki tarafındaki sahneyi yeniden yaratmak için hemen boyalarımın yanına gittim. Tüm ça-

275

balarıma karşın olmadı. Birçok kez denedim ve birçok kez başarısız oldum. Bu kitapta bile mısır tarlasının soğukluğunu, Eddie'nin fırtınanın öteki tarafına geçtiğinde hissettiği gerçek sıcaklığı ve Russell diye isimlendirilen yabancının aydınlanışını gerçekten yansıtabildim mi merak ediyorum.

Belki de bu hiçbir şekilde tam anlamıyla yeniden yaratılamayacağı anlamına geliyor. Rüyamda olduğu gibi belki de sadece ipuçlarını ve haberciyi görmeli, geri kalanını inancımızın rehberliğine bırakmalıyız.

Son bölümde Eddie'ye ikinci bir şans veriliyor. Bu, dostlarım, *bana* bir armağan, *benden* de *sizlere*. Artık bunun gerçek bir armağan olduğunu biliyorum, tıpkı annemden aldığım son armağan gibi. Bu, her şeyi kavrama. Bununla affedilebilirsiniz. Korkularınızla ve pişmanlıklarınızla yüzleştiğinizde gökyüzü aydınlanacak ve siz... Mutluluğu ve sevgiyi bulacaksınız. Bu, üzüntü ve ıstırabın kilidini açan bir anahtar.

Annem bana o kazağı verdi, fakat hepimize en değerli armağan Tanrı tarafından bahşedildi. Bu herkese verilen ama çok az kişi tarafından açılan ya da değeri bilinen bir armağan. Kefaret... Ruhumuzun gizli kalmış köşesinde dokunulmamış bir armağan.

Biz Noel'de İsa'nın doğumunu kutlarız, ancak bunu yaparken bazen mevsimin gerçek anlamını göz ardı ederiz. Bu onun, o kutsal adamın doğumunu daha da özel kılar.

Onun ölümü olmadan doğumu anlamsızdır.

Yıllarca dinlediğimiz vaazlarda geçen kefaret kelimesine inanmadım. Gerçek olduğuna inanmadım. Öyle olsa bile buna değer olduğuma inanmadım. Ama bu koca bir yalan.

Kefaret, gerçek.

Bir kelimeden çok daha fazlası; insanın hayatına yön veren bir güç. Ve ben buna değerim.

Siz buna değersiniz.

Hepimiz değeriz.

Annemle birlikte geçirdiğim son Noel'den gerçek bir ders çıkardığımı düşünüyorum; sevgiyle verilen herhangi bir armağan en değerli armağandır. Kazağımı yerde, bir futbol topu gibi köşeye atılmış bir halde gördüğünde annemin bakışlarına yerleşen ifadeyi son derece net hatırlıyorum ve o kazağı nasıl ördüğünü gözümde canlandırabiliyorum. Tanrı'nın huzurunda diz çökmeyi reddettim ve bana, "Oğlum, bu benim sana verdiğim hediye değil mi?" diye sorarken annemin bakışlarına sinen ifadenin aynısını onun gözlerinde gördüm.

Kefaretinizi kabul edin. Ona değer verin. Onu ne pahasına olursa olsun kullanın. Onu paylaşın. Unutmayın ki o, yaşamınızı değiştirebilecek bir güce sahip. *Benimkini değiştirdi.*

Artık kim olduğumu biliyorum ve mutluyum. New York'un dışındayım, saat 02.00. Yatağımda uzanmış, son sözlerimi yazarken o basit sokakta geçen günlerime yeniden dönebilmek için neleri vermezdim. Büyükannem, büyükbabam ve orada yaşayan herkes ömrüm boyunca karşılaştığım en başarılı insanlardı. İhtiyaç duydukları her şeye sahip oldular, fakat, daha da önemlisi, sahip oldukları her şeyi istediler.

278

Hayatımın büyük bir kısmını kendimi suçlayarak geçirdim. Annemin bana armağan ettiği kazağı bir köşeye fırlatmam... ve o Noel sabahı yaşananlar yüzünden. Ne kadar çirkin, ne kadar büyük ya da ne kadar küçük olursa olsun kazaklarımı kimselere veremedim. Hepsini çekmecelerde sakladım, aklınıza gelebilecek her bedende ve her şekilde...

Şans eseri fırtınayla yüzleştikten sonra her şeyi geride bıraktım. Rüyamdaki o yaşlı adam bir kez daha haklı çıkmıştı: Her şeyi arkamda bırakmak düşündüğüm kadar zor olmadı.

Sonunda sakladığım tüm kazakları bir hayır kurumuna bağışladım ve artık tam anlamıyla huzurluyum. Onlara artık ihtiyacım olmadığını fark ettim, çünkü burası oldukça sıcak...

Oldukça sıcak.

Mutlu Yıllar,

Glenn-Edward Lee- Beck

279

Gleen'in Özel Mesajı

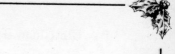

ırmızı Kazak'ta, Eddie'nin hayatı sorgulaması babası kanserden öldüğü zaman başlıyor.

Bu hastalığı özellikle seçtim. Neredeyse pek çoğumuz bu hastalıktan mustarip olmuş birilerini tanıyoruzdur, ben de farklı değilim; büyükbabam kanser. Fakat kanseri seçmemde bir başka neden daha var —çünkü bu hastalığı tedavi edecek kişiye inanıyorum.

İsmi Jon Huntsman ve ben onu örnek alınabilecek bir kişi, bir arkadaş, yetenekli biri olarak görüyorum.

Bay Huntsman iki odalı, eski bir evde büyümüş. Ailesi bir peni kazanmak ve karınlarını doyuracak bir parça ekmek bulabilmek için hayat mücadelesi vermiş. Fakat şimdi, aradan geçen onca yıl sonunda, o iki odalı derme çatma kulübede yaşayan bu adamın adı Forbes'ta* (**iş ve finans dünyasını anlatan aylık Amerikan dergisi.**) geçiyor. Bay Huntsman artık bir milyarder.

Tanınmış bir isim olmadan önce yıllarca hayalini kurduğu ürünler yaşam şeklimizi değiştirdi. Big Mac kutularından yumurta kartonlarına, plastik ambalajlardan tabaklara çatallara kadar Huntsman Kimya sıfırdan başlayarak dünyanın en meşhur kimya şirketi haline geldi.

Ancak beni asıl etkileyen bu şirketin ürettiği şaşırtıcı ürünler ya da Bay Huntsman'ın nasıl para kazandığı değil. Beni etkileyen kazandığı paranın ne kadarını bağışladığı: Hepsini.

Birçok hayır kurumuna yardım etmesinin yanı sıra, Bay Huntsman'ın asıl tutkusu Salt Lake City'de kurduğu Huntsman Kanser Enstitüsü ve Hastanesi. Burası hastalara aileden biriymiş gibi davranan, hasta yakınlarıyla kraliyet ailesine mensup bireylermiş gibi ilgilenen bir yer. Fakat en önemlisi, herkese sevgi ve

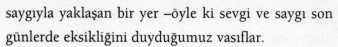

saygıyla yaklaşan bir yer −öyle ki sevgi ve saygı son günlerde eksikliğini duyduğumuz vasıflar.

Enstitüyü ilk kez ziyaret ettiğim zaman Bay Huntsman'a şimdiye kadar hiç böyle bir yer görmediğimi söyledim. "Biliyorum," diyerek yanıtladı, görünüşe bakılırsa bu gibi şeyler duymaya alışkındı. "Kanseri tedavi edeceğiz, sonra da burayı Ritz Carlton'a çevireceğiz."

Gülümsedi; şaka mı yapıyor yoksa bu konuda ciddi mi tam olarak emin olamadım. Ardından coşku dolu gözlerle bana baktı. Yüzüne kararlı bir ifade yerleşmişti. "Glenn," dedi sert bir şekilde, sesinde en ufak bir tereddüt yoktu. "Biz burada kanseri *tedavi edeceğiz.*" O an için ne söylediği değil nasıl söylediği önem kazanmıştı; mütevazı, neredeyse resmi ama tam anlamıyla güven ve kararlılık yüklü bir cümle.

Ona inanıyorum.

Eğer yaşam sizi başkalarına yardım edebilecek kadar mal varlığı olan biri haline getirdiyse, lütfen, Huntsman Kanser Enstitüsü'ne bir bakın. Misyonlarını ve imkânlarını araştırın, fakat bunların hepsinden öte meteliksiz insanların ölmesine göz yummayan ve bununla mücadele eden Jon Huntsman'ın, kendi kendini yetiştirmiş bir milyarderin görüşünü alın. O hemen hemen aklından geçen her şeyi elde etmiş olan biri ve biliyorum ki o... Bu hastalığın da üstesinden gelecek.

Bay Huntsman son on yıl içinde 1.2 milyar dolardan fazla bağışta bulundu. Beş parasız ölse bile her zaman için Russell'ın yaşayan bir örneği olacak. Ve şimdiye kadar tanıştığım en zengin adam olarak kalacak.

-Glenn

Ayrıntılı bilgi için lütfen
www.huntsmancancerfoundation.org
sitesini ziyaret ediniz.

285